盾

茅盾 著

斗争的生活
使你干练

浙江文艺出版社
Zhejiang Literature & Art Publishing House

图书在版编目（CIP）数据

茅盾：斗争的生活使你干练 / 茅盾著 . —杭州：
浙江文艺出版社，2024.5
ISBN 978-7-5339-7515-9

Ⅰ.①茅… Ⅱ.①茅… Ⅲ.①散文集—中国—
现代 Ⅳ.①I266

中国国家版本馆CIP数据核字（2024）第049465号

统　　筹	王晓乐	封面设计	广　岛
责任编辑	丁　辉	封面插画	Stano
责任校对	唐　娇	营销编辑	张恩惠
责任印制	张丽敏	数字编辑	姜梦冉　诸婧琦

茅盾：斗争的生活使你干练

茅盾　著

出版发行　浙江文艺出版社
地　　址　杭州市环城北路177号
邮　　编　310006
电　　话　0571-85176953（总编办）
　　　　　0571-85152727（市场部）
制　　版　杭州天一图文制作有限公司
印　　刷　浙江新华印刷技术有限公司
开　　本　880毫米×1230毫米　1/32
字　　数　126千字
印　　张　7.5
插　　页　1
版　　次　2024年5月第1版
印　　次　2024年5月第1次印刷
书　　号　ISBN 978-7-5339-7515-9
定　　价　39.80元

出版说明

自五四新文化运动以来，中国文学面目一新。在中西方文化的碰撞与融合中，小说、诗歌、戏剧等文学形式完成蜕变与新生，而散文以其自由自在的天性，踵事增华，其成果蔚为大观。

郁达夫认为，较之古代的"文"，现代中国散文有三点特异之处，即"'个人'的发见""内容范围的扩大""人性，社会性，与大自然的调和"（《中国新文学大系·散文二集·导言》）。散文家们兼收并蓄，将万事万物融于一心，"以我手写我口"，取径不同，或叙事、抒情、议论，或写人、描景、状物；风格各异，或蕴藉、洗练、飞扬，或磅礴、绮丽、缜密。就应用而言，以学识、阅历、心境为核心的小品文，以小见大，言近旨远，张扬个人性情；以观察、讽刺、同情为底色的杂文，见微知著，刚柔相济，召唤战斗精神……种种流派，非止一端。

为了给当代读者提供一套选目得当、编校精良的散文选本，我们推出"名家散文"系列，从灿若星辰的中国现代散文家中遴选出一批作者，精选其散文创作中的经典作品，结集成册，以飨读者，或可视作对百年现代中国散文的一次阶段性回顾与总结。我们相信，尽管这些作品产生的背景千差万别，但其呈现的智识与感性、追求与希冀，是跨越时空而能与读者共鸣的。我们也相信，经典之所以为经典，因其经得起时间的汰洗，这里的文章，初读，是迎面撞上万千世界，吉光片羽，亦足珍惜；再读，则是与无数智者的重逢，向内发现自己，向外发现众生。

文学的历史同时也是一部语言文字的历史，而汉语的标准化也随着时间的推移不断地演变、更新。五四白话文运动以来，文学语言流动而多变，呈现出丰富和复杂的样貌。文字、词汇、语法的繁芜丛杂背后，是思想文化的多元与活跃，也是作家不同审美取向和个人风格的展现。因此，我们在编辑过程中尽量尊重文章原刊或初版时的面貌，使读者能够感受到语言的时代特色，比如"的""地""底"共存的现象。同时，考虑到读者尤其是学生的阅读需求，我们按当下的规范做了有限度的修订。

编辑出版工作中难免存在不足之处，热忱欢迎广大读者批评指正。

浙江文艺出版社

目　录

白杨礼赞

雾中偶记

时间，换取了什么？

致文学青年

白杨礼赞

那是力争上游的一种树，笔直的干，笔直的枝。

雾

雾遮没了正对着后窗的一带山峰。

我还不知道这些山峰叫什么名儿。我来此的第一夜就看见那最高的一座山的颠巅像钻石装成的宝冕似的灯火。那时我的房里还没有电灯，每晚在暗中默坐，凝望这半空的一片光明，使我记起了儿时所读的童话。实在的呢，这排列得很整齐的依稀分为三层的火球，衬着黑魆魆的山峰的背景，无论如何，是会引起非人间的缥缈的思想的。

但在白天看来，却就平凡得很。并排的五六个山峰，差不多高低，就只最西的一峰戴着一簇房子，其余的仅只有树；中间最大的一峰竟还有濯濯的一大块，像是癞子头上的疮疤。

现在那照例的晨雾把什么都遮没了，就是稍远的电线杆也躲得毫无影踪。

渐渐地太阳光从浓雾中钻出来了。那也是可怜的太阳呢！光是那样的淡弱。随后它也躲开，让白茫茫的浓雾吞噬了一切，包围了大地。

我诅咒这抹煞一切的雾！

我自然也讨厌寒风和冰雪。但和雾比较起来，我是宁愿后者呵！寒风和冰雪的天气能够杀人，但也刺激人们活动起来奋斗。雾，雾呀，只使你苦闷，使你颓唐阑珊，像陷在烂泥淖中，满心想挣扎，可是无从着力呢！

傍午的时候，雾变成了牛毛雨，像帘子似的老是挂在窗前。两三丈以外，便只见一片烟云——依然遮抹一切，只不是雾样的罢了。没有风。门前池中的残荷梗时时忽然急剧地动摇起来，接着便有红鲤鱼的活泼泼的跳跃划破了死一样平静的水面。

我不知道红鲤鱼的轨外行动是不是为了不堪沉闷的压迫？在我呢，既然没有杲杲的太阳，便宁愿有疾风大雨，很不耐这愁雾的后身的牛毛雨老是像帘子一样挂在窗前。

1928年11月14日

虹

不知在什么时候，金红色的太阳光已经铺满了北面的一带山峰。但我的窗前依然洒着绵绵的细雨。

早先已经听人说过这里的天气不很好。敢就是指这样的一边耀着阳光，一边却落着泥人的细雨？光景是多少像故乡的黄梅时节呀！出太阳，又下雨。

但前晚是有过浓霜的了。气温是华氏表四十度。

无论如何，太阳光是欢迎的。我坐在南窗下看 N. Evréinoff①的剧本。看这本书，已经是第三次了；可是对

① N. Evréinoff，尼·叶夫列伊诺夫（1879—1953），俄国剧作家、戏剧理论家和史学家。

于那个象征了顾问和援助者，并且另有五个人物代表他的多方面的人格的剧中主人公Paraclete，我还是不知道应该憎呢或是爱？

这不是也很像今天这出太阳又下雨的天气么？

我放下书，凝眸遥瞩东面的披着斜阳的金衣的山峰，我的思想跑得远远的。我觉得这山顶的几簇白房屋就仿佛是中古时代的堡垒，那里面的主人应该是全身裹着铁片的骑士和轻盈婀娜的美人。

欧洲的骑士样的武士，岂不是曾在这里横行过一世？百余年前，这群山环抱的故都，岂不是一定曾有些挥着十八贯的铁棒的壮士？岂不是余风流沫尚像地下泉似的激荡着这个近代化的散文的都市？

低下头去，我浸入于缥缈的沉思中了。

当我再抬头时，咄！分明的一道彩虹划破了蔚蓝的晚空。什么时候它出来，我不知道；但现在它像一座长桥，宛宛地从东面山顶的白房屋后面，跨到北面的一个较高的青翠的山峰。呵，彩虹！古代希腊人说你是渡了麦丘立到冥国内索回春之女神，你是美丽的希望的象征！

但虹一样的希望也太使人伤心。

于是我又恍惚看见穿了锁子铠，戴着铁面具的骑士涌现在这半空的彩桥上；他是要找他曾经发过誓矢忠不二的

"贵夫人"呢，还是要扫除人间的不平？抑或他就是狐假虎威的"鹰骑士"？

天色渐渐黑下来了，书桌上的电灯突然放光，我从幻想中抽身。

像中世纪骑士那样站在虹的桥上，高揭着什么怪好听的旗号，而实在只是出风头，或竟是待价而沽，这样的新式的骑士，在"新黑暗时代"的今日，大概是不会少有的罢？

红　叶

　　朋友们说起看红叶，都很高兴。

　　红叶只是红了的枫叶，原来极平凡，但此间人当作珍奇，所以秋天看红叶竟成为时髦的胜事。如果说春季是樱花的，那么，秋季便该是红叶的了。你不到郊外，只在热闹的马路上走，也随处可以见到这"幸运儿"的红叶：十月中，咖啡馆里早已装饰着人工的枫树，女侍者的粉颊正和蜡纸的透明的假红叶掩映成趣；点心店的大玻璃橱窗中也总有一枝两枝的人造红叶横卧在鹅黄色或是翠绿色的糕饼上；那边如果有一家"秋季大卖出"的商铺，那么，耀眼的红光更会使你的眼睛发花。"幸运儿"的红叶呵，你简直是秋季的时令神。

在微雨的一天，我们十分高兴地到郊外的一处名胜去看红叶。

并不是怎样出奇的山，也不见得有多少高。青翠中点缀着一簇一簇的红光，便是吸引游人的全部风景。山径颇陡峻，幸而有石级；一边是谷，缓缓地流过一道浅涧；到了山顶俯视，这浅涧便像银带子一般晶明。

山顶是一片平场。出奇的是并没有一棵枫树，却只有个卖假红叶的小摊子。一排芦席棚分隔成二十多小间，便是某酒馆的"雅座"，这时差不多快满座了。我们也占据了一间，并没有红叶看，光瞧着对面的绿丛丛的高山峰。

两个喝得满脸通红的旅客，挽着臂在泥地上婆娑跳舞，另一个吹口琴，呜呜地响着，听去是"悲哀"的调子。忽而他们都哈哈笑起来；是这样地响，在我们这边也觉得震耳。

芦席棚边有人摆着小摊子卖白泥烧的小圆片，形状很像二寸径的碟子；游客们买来用力掷向天空，这白色的小圆片在青翠色的背景前飞了起来，到不能再高时，便如白燕子似的斜掠下来（这是因为受了风），有时成为波纹，成为弧形，似乎还是簌簌地颤动着，约莫有半分钟，然后失落在谷内的丰草中；也有坠在浅涧里的，那就见银光一闪——你不妨说这便是水的欢迎。

早就下着的雨，现在是渐渐大了。游客们不知在什么时候已经减少了许多。山顶的广场（那就是游览的中心）便显得很寂静，芦棚下的"雅座"里只有猩红的毡子很整齐地躺着，时间大概是午后三时左右。

我们下山时雨已经很大；路旁成堆的落叶此时经了雨濯，便洗出绛红的颜色来，似乎要与那些尚留在枝头的同伴们比一比谁是更"赤"。

"到山顶吃饭喝酒，掷白泥的小圆片，然后回去：这便叫做看红叶。谁曾在都市的大街上看见人造红叶的盛况的，总不会料到看红叶原来只是如此这般一回事！"

我在路旁拾起几片红叶的时候，忍不住这样想。

雷雨前

　　清早起来，就走到那座小石桥上。摸一摸桥石，竟像还带点热。昨天整天里没有一丝儿风。晚快边响了一阵子干雷，也没有风，这一夜就闷得比白天还厉害。天快亮的时候，这桥上还有两三个人躺着，也许就是他们把这些石头又困得热烘烘。

　　满天里张着个灰色的幔。看不见太阳。然而太阳的威力好像透过了那灰色的幔，直逼着你头顶。

　　河里连一滴水也没有了，河中心的泥土也裂成乌龟壳似的。田里呢，早就像开了无数的小沟，——有两尺多阔的，你能说不像沟么？那些苍白色的泥土，干硬得就跟水门汀差不多。好像它们过了一夜工夫还不曾把白天吸下去的热气吐完，这时它们那些扁长的嘴巴里似乎有白烟一样的东西往上冒。

站在桥上的人就同浑身的毛孔全都闭住，心口泛淘淘，像要呕出什么来。

这一天上午，天空老张着那灰色的幔，没有一点点漏洞，也没有动一动。也许幔外边有的是风，但我们罩在这幔里的，把鸡毛从桥头抛下去，也没见它飘飘扬扬踱方步。就跟住在抽出了空气的大筒里似的，人张开两臂用力行一次深呼吸，可是吸进来只是热辣辣的一股闷气。

汗呢，只管钻出来，钻出来，可是胶水一样，胶得你浑身不爽快，像结了一层壳。

午后三点钟光景，人像快要干死的鱼，张开了一张嘴，忽然天空那灰色的幔裂了一条缝！不折不扣一条缝！像明晃晃的刀口在这幔上划过。然而划过了，幔又合拢，跟没有划过的时候一样，透不进一丝儿风。一会儿，长空一闪，又是那灰色的幔裂了一次缝。然而中什么用？

像有一只巨人的手拿着明晃晃的大刀在外边想挑破那灰色的幔，像是这巨人已在咆哮发怒越来越紧了，一闪一闪满天空瞥过那大刀的光亮，隆隆隆，幔外边来了巨大的愤怒的吼声！

猛可地闪光和吼声都没有了，还是一张密不通风的灰色的幔！

空气比以前加倍闷！那幔比以前加倍厚！天加倍黑！

你会猜想这时那幔外边的巨人在揩着汗，歇一口气；你断得定他还要进攻。你焦躁地等着，等着那挑破灰色幔的大刀的一闪电光，那隆隆隆的怒吼声。

可是你等着，等着，却等来了苍蝇。它们从醒醒的地方飞出来，嗡嗡嗡的，绕住你，叮你的涂一层胶似的皮肤。戴红顶子像个大员模样的金苍蝇刚从粪坑里吃饱了来，专拣你的鼻子尖上蹲。

也等来了蚊子。哼哼哼的，像老和尚念经，或者老秀才读古文。苍蝇给你传染病，蚊子却老实要喝你的血呢！

你跳起来拿着蒲扇乱扑，可是赶走了这一边的，那一边又是一大群乘隙进攻。你大声叫喊，它们只回答你个哼哼哼，嗡嗡嗡！

外边树梢头的蝉儿却在那里唱高调："要死哟！要死哟！"

你汗也流尽了，嘴里干得像烧，你手里也软了，你会觉得世界末日也不会比这再坏！

然而猛可地电光一闪，照得屋角里都雪亮。幔外边的巨人一下子把那灰色的幔扯得粉碎了！轰隆隆，轰隆隆，他胜利地叫着。胡——胡——挡在幔外边整整两天的风开足了超高速度扑来了！蝉儿噤声，苍蝇逃走，蚊子躲起米，人身上像剥落了一层壳那么一爽。

霍！霍！霍！巨人的刀光在长空飞舞。

轰隆隆，轰隆隆，再急些！再响些吧！

让大雷雨冲洗出个干净清凉的世界！

谈月亮

　　不知道什么原因，我跟月亮的感情很不好。我也在月亮底下走过，我只觉得那月亮的冷森森的白光，反而把凹凸不平的地面幻化为一片模糊虚伪的光滑，引人去上当；我只觉得那月亮的好像温情似的淡光，反而把黑暗潜藏着的一切丑相幻化为神秘的美，叫人忘记了提防。

　　月亮是一个大骗子，我这样想。

　　我也曾对着弯弯的新月仔细看望。我从没觉得这残缺的一钩儿有什么美；我也照着"诗人"们的说法，把这弯弯的月牙儿比作美人的眉毛，可是愈比愈不像，我倒看出来，这一钩的冷光正好像是一把磨得锋快的杀人的钢刀。

　　我又常常望着一轮满月。我见过她装腔作势地往浮云中间躲，我也见过她像一个白痴人的脸孔，只管冷冷地呆木地朝着我瞧；什么"广寒宫"，什么"嫦娥"，——这一类缥缈的神话，我永远联想不起来，可只觉得她是一个死了的东西，然而她偏不肯安分，她偏要"借光"来欺骗漫漫长夜中的人们，使他们沉醉于空虚的满足，神秘的幻想。

月亮是温情主义的假光明！我这么想。

呵呵，我记起来了，曾经有过这么一回事，使得我第一次不信任这月亮。那时我不过六七岁，那时我对于月亮无爱亦无憎。有一次月夜，我同邻舍的老头子在街上玩。先是我们走，看月亮也跟着走；随后我们就各人说出他所见的月亮有多么大。"像饭碗口"，是我说的。然而邻家老头子却说"不对"，他看来是有洗脸盆那样子。

"不会差得那么多的！"我不相信，定住了眼睛看，愈看愈觉得至多不过是"饭碗口"。

"你比我矮，自然看去小了呢。"老头子笑嘻嘻说。

于是我立刻去搬一个凳子来，站上去，一比，跟老头子差不多高了，然而我头顶的月亮还只有"饭碗口"的大小。我要求老头子抱我起来，我骑在他的肩头，我比他高了，再看看月亮，还是原来那样的"饭碗口"。

"你骗人哪！"我作势要揪老头儿的小辫子。

"嗯嗯，那是——你爬高了不中用的。年纪大一岁，月亮也大一些，你活到我的年纪，包你看去有洗脸盆那样大。"老头子还是笑嘻嘻。

我觉得失败了，跑回家去问我的祖父。仰起头来望着月亮，我的祖父摸着胡子笑着说："哦哦，就跟我的脸盆差不多。"在我家里，祖父的洗脸盆是顶大的。于是我相信我自己是完全失败了。在许多事情上都被家里人用一句"你还小哩！"来剥夺了权利的我，于是就感到月亮也那么"欺小"，真正岂有此理。月亮在那时就跟我有了仇。

呵呵，我又记起来了，曾经看见过这么一件事，使得我知道月亮虽则未必"欺小"，却很能使人变得脆弱了似的，这件事，离开我同邻舍老头子比月亮大小的时候也总有十多年了。那时我跟月亮又回到了无恩无仇的光景。那时也正是中秋快近，忽然有从"狭的笼"①里逃出来的一对儿，到了我的寓处。大家都是丱角之交，我得尽东道之谊。而且我还得居间办理"善后"。我依着他们俩铁硬的口气，用我自己出名，写了信给双方的父母，——我的世交前辈，表示了这件事恐怕已经不能够照"老辈"的意思挽回。信

---

① "狭的笼"，原为俄国盲诗人爱罗先珂所作童话的篇名，这里借指封建家庭的樊笼。

发出的下一天就是所谓"中秋",早起还落雨,偏偏晚上是好月亮,一片云也没有。我们正谈着"善后"事情,忽然发现了那个"她"不在我们一块儿。自然是最关心"她"的那个"他"先上楼去看去。等过好半晌,两个都不下来,我也只好上楼看一看到底为了什么。一看可把我弄糊涂了!男的躺在床上叹气,女的坐在窗前,仰起了脸,一边望着天空,一边抹眼泪。

"哎,怎么了?两口儿斗气?说给我来评评。"我不会想到另有别的问题。

"不是呀!——"男的回答,却又不说下去。

我于是走到女的面前,看定了她,——凭着我们小时也是捉迷藏的伙伴,我这样面对面朝她看是不算莽撞的。

"我想——昨天那封信太激烈了一点。"女的开口了,依旧望着那冷清清的月亮,眼角还噙着泪珠。"还是,我想,还是我回家去当面跟爸爸妈妈办交涉,——慢慢儿解决,将来他跟我爸爸妈妈也有见面之余地。"

我耳朵里轰地响了一声。我不知道什么东西使得这个昨天还是嘴巴铁硬的女人现在忽又变计。但是男的此时从床上说过一句来道:

"她已经写信告诉家里,说明天就回去呢!"

这可把我骇了一跳。糟糕!我昨天全权代表似的写出两封信，今天却就取消了我的资格；那不是应着家乡人们一句话：什么都是我好管闲事闹出来的。那时我的脸色一定难看得很，女的也一定看到我心里，她很抱歉似的亲热地叫道："×哥，我会对他们说，昨天那封信是我的意思叫你那样写的！"

"那个，只好随它去；反正我的多事是早已出名的。"我苦笑着说，盯住了女的面孔。月亮光照在她脸上，这脸现在有几分"放心了"的神气；忽然她低了头，手捂住了脸，就像闷在瓮里似的声音说："我撇不下妈妈。今天是中秋，往常在家里妈给我……"

我不愿意再听下去。我全都明白了，是这月亮，水样的猫一样的月光勾起了这位女人的想家的心，把她变得脆弱些。

从那一次以后，我仿佛懂得一点关于月亮的"哲理"。我觉得我们向来有的一些关于月亮的文学好像几乎全是幽怨的，恬退隐逸的，或者缥缈游仙的。跟月亮特别有感情的，好像就是高山里的隐士，深闺里的怨妇，求仙的道士。他们借月亮发了牢骚，又从月亮得到了自欺的安慰，又从月亮想象出"广寒宫"的缥缈神秘。读几句书的人，平时不知不觉间熏染了这种月亮的"教育"，临到紧要关头，就会发生影响。

原始人也曾在月亮身上做"文章"，——就是关于月亮的神话。然而原始人的月亮文学只限于月亮本身的变动；月何以东升西没，何以有缺有圆有蚀，原始人都给了非科学的解释。至多亦不过想象月亮是太阳的老婆，或者是姊妹，或者是人间的"英雄"逃上天去罢了。而且他们从不把月亮看成幽怨闲适缥缈的对象。不，现代澳洲的土人反而从月亮的圆缺创造了奋斗的故事。这跟我们以前的文人在月亮有圆缺上头悟出恬淡知足的处世哲学相比起来，差得多么远呀！

把月亮的"哲理"发挥得淋漓尽致的，也许只有我们中国罢？不但骚人雅士美女见了月亮，便会感发出许多的幽思离愁，扭捏缠绵到不成话；便是喑呜叱咤的马上英雄也被写成了在月亮的魔光下只有悲凉，只有感伤。这一种"完备"的月亮"教育"会使"狭的笼"里逃出来的人也触景生情地想到再回去，并且我很怀疑那个邻舍老头子所谓"年纪大一岁，月亮也大一些"的说头未必竟是他的信口开河，而也许有什么深厚的月亮的"哲理"根据罢！

从那一次以后，我渐渐觉得月亮可怕。

我每每想：也许我们中国古来文人发挥的月亮"文

化"，并不是全然主观的；月亮确是那么一个会迷人会麻醉人的家伙。

星夜使你恐怖，但也激发了你的勇气。只有月夜，说是没有光明么？明明有的。然而这冷凄凄的光既不能使五谷生长，甚至不能晒干衣裳；然而这光够使你看见五个指头却不够辨别稍远一点的地面的坎坷。你朝远处看，你只见白茫茫的一片，消弭了一切轮廓。你变做"短视"了。你的心上会遮起了一层神秘的迷迷糊糊的苟安的雾。

人在暴风雨中也许要战栗，但人的精神，不会松懈，只有紧张；人撑着破伞，或者破伞也没有，那就挺起胸膛，大踏步，咬紧了牙关，冲那风雨的阵，人在这里，磨炼他的奋斗力量。然而清淡的月光像一杯安神的药，一粒微甜的糖，你在她的魔术下，脚步会自然而然放松了，你嘴角上会闪出似笑非笑的影子，你说不定会向青草地下一躺，眯着眼睛望天空，乱麻麻地不知想到哪里去了。

自然界现象对于人的情绪有种种不同的感应，我以为月亮引起的感应多半是消极。而把这一畸形发挥得"透彻"的，恐怕就是我们中国的月亮文学。当然也有并不借月亮发牢骚，并不从月亮得了自欺的安慰，并不从月亮想象出神秘缥缈的仙境，但这只限于未尝受过我们的月亮文学影响的"粗人"罢！

我们需要"粗人"眼中的月亮，我又每每这么想。

1934 年中秋后

风景谈

前夜看了《塞上风云》的预告片，便又回忆起猩猩峡外的沙漠来了。那还不能被称为"戈壁"，那在普通地图上，还不过是无名的小点，但是人类的肉眼已经不能望到它的边际，如果在中午阳光正射的时候，那单纯而强烈的返光会使你的眼睛不舒服；没有隆起的沙丘，也不见有半间泥房，四顾只是茫茫一片，那样的平坦，连一个"坎儿井"也找不到；那样的纯然一色，即使偶尔有些驼马的枯骨，它那微小的白光，也早溶入了周围的苍茫；又是那样的寂静，似乎只有热空气在作哄哄的火响。然而，你不能说，这里就没有"风景"。当地平线上出现了第一个黑点，当更多的黑点成为线，成为队，而且当微风把铃铛的柔声，丁当，丁当，送到你的耳鼓，而最后，当那些昂然高步的骆驼，排成整齐的方阵，安详然而坚定地愈行愈近，当骆驼队中领队驼所掌的那一杆长方形猩红大旗耀入你眼帘，而且大小丁当的谐和的合奏充满了你耳管，——这时间，也许你不出声，但是你的心里会涌上了这样的感想的：多么庄严，多么妩媚呀！这里是大自然的最单调最平板的一面，然而加上了人的活动，就完全改观，难道这不是"风景"吗？自然是伟大的，然而人类更伟大。

于是我又回忆起另一个画面，这就在所谓"黄土高原"！那边的山多数是秃顶的，然而层层的梯田，将秃顶装扮成稀稀落落有些黄毛的癞头，特别是那些高秆植物颀长而整齐，等待检阅的队伍似的，在晚风中摇曳，另有一种惹人怜爱的姿态。可是更妙的是三五月明之夜，天是那样的蓝，几乎透明似的，月亮离山顶，似乎不过几尺，远看山顶的小米丛密挺立，宛如人头上的怒发，这时候忽然从山脊上长出两支牛角来，随即牛的全身也出现，捎着犁的人形也出现，并不多，只有三两个，也许还跟着个小孩，他们姗姗而下，在蓝的天，黑的山，银色的月光的背景上，成就了一幅剪影，如果给田园诗人见了，必将赞叹为绝妙的题材。可是没有完。这几位晚归的种地人，还把他们那粗朴的短歌，用愉快的旋律，从山顶上飘下来，直到他们没入了山坳，依旧只有蓝天明月黑魆魆的山，歌声可是缭绕不散。

另一个时间。另一个场面。夕阳在山，干坼的黄土正吐出它在一天内所吸收的热，河水汤汤急流，似乎能把浅浅河床中的鹅卵石都冲走了似的。这时候，沿河的山坳里有一队人，从"生产"归来，兴奋的谈话中，至少有七八种不同的方音。忽然间，他们又用同一的音调，唱起雄壮的歌曲来了，他们的爽朗的笑声，落到水上，使得河水也似在笑。看他们的手，这是惯拿调色板的，那是昨天还拉着提琴的弓子伴奏着《生产曲》的，这是经常不离木刻刀的，那又是洋洋洒洒下笔如有神的，但现在，一律都被锄锹的木柄磨起了老茧了。他们在山坡下，被另一群所迎住。这里正燃起熊熊的野火，多少曾调朱弄粉的手儿，已经将金黄的小米饭，翠绿的油菜，准备齐全。这时候，太阳已经下山，却将它的余辉幻成了满天的彩霞，河水喧哗得更响了，跌在石上的便喷出了雪白的泡沫，人们把沾着黄土的脚伸在水里，任它冲刷，或者掬起水来，洗一把脸。在背山面水这样一个所在，静穆的自然和弥满着生命力的人，就织成了美妙的图画。

在这里，蓝天明月，秃顶的山，单调的黄土，浅濑的水，似乎都是最恰当不过的背景，无可更换。自然是伟大的，人类是伟大的，然而充满了崇高精神的人类的活动，乃是伟大中之尤其伟大者！

我们都曾见过西装革履烫发旗袍高跟鞋的一对儿，在公园的角落，绿荫下长椅上，悄悄儿说话，但是试想一想，如果在一个下雨天，你经过一边是黄褐色的浊水，一边是怪石峭壁的崖岸，马蹄很小心地探入泥浆里，有时还不免打了一下跌撞，四面是静寂灰黄，没有一般所谓的生动鲜艳，然而，你忽然抬头看见高高的山壁上有几个天然的石洞，三层楼的亭子间似的，一对人儿促膝而坐，只凭剪发式样的不同，你方能辨认出一个是女的，他们被雨赶到了那里，大概聊天也聊够了，现在是摊开着一本札记簿，头凑在一处，一同在看，——试想一想，这样一个场面到了你眼前时，总该和在什么公园里看见了长椅上有一对儿在偎倚低语，颇有点味儿不同罢！如果在公园时你一眼瞥见，首先第一会是"这里有一对恋人"，那么，此时此际，倒是先感到那样一个沉闷的雨天，寂寞的荒山，原始的石洞，安上这么两个人，是一个"奇迹"，使大自然顿时生色！他们之是否恋人，落在问题之外。你所见的，是两个生命力旺盛的人，是两个清楚明白生活意义的人，在任何情形之下，他们不倦怠，也不会百无聊赖，更不至于从胡闹中求刺戟，他们能够在任何情况之下，拿出他们那一套来，怡然自得。但是什么能使他们这样呢？

不过仍旧回到"风景"罢；在这里，人依然是"风景"的构成者，没有了人，还有什么可以称道的？再者，如果不是内生活极其充满的人作为这里的主宰，那又有什么值得怀念？

再有一个例子：如果你同意，二三十棵桃树可以称为林，那么这里要说的，正是这样一个桃林。花时已过，现在绿叶满株，却没有一个桃子。半爿旧石磨，是最漂亮的圆桌面，几尺断碑，或是一截旧阶石，那又是难得的几案。现成的大小石块作为凳子，——而这样的石凳也还是以奢侈品的姿态出现。这些怪样的家具之所以成为必要，是因为这里有一个茶社。桃林前面，有老百姓种的荞麦，也有大麻和玉米这一类高秆植物。荞麦正当开花，远望去就像一张粉红色的地毯，大麻和玉米就像是屏风，靠着地毯的边缘。太阳光从树叶的空隙落下来，在泥地上，石家具上，一抹一抹的金黄色。偶尔也听得有草虫在叫，带住在林边树上的马儿伸长了脖子就树干搔痒，也许是乐了，便长嘶起来。"这就不坏！"你也许要这样说。可不是，这里是有一般所谓"风景"的一些条件的！然而，未必尽然。在高原的强烈阳光下，人们喜欢把这一片树荫作为户外的休息地点，因而添上了什么茶社，这是这个"风景区"成立的因缘，但如果把那二三十棵桃树，半爿磨石，几尺断碣，还有荞麦和大麻玉米，这些其实到处可遇的东西，看成了此所谓风景区的主要条件，那或者是会贻笑大方的。中国之大，比这美得多的所谓风景区，数也数不完，这个值得什么？所以应当从另一方面去看。现在请你坐下，来一杯清茶，两毛钱的枣子，也作一次桃园的茶客罢。如果你愿意先看女的，好，那边就有三四个，大概其中有一位刚接到家里寄给她的一点钱，今天来请请同伴。那边又有几位，也围着一个石桌子，但只把随身带来的书籍代替了枣子和茶了。更有两位虎头虎脑的青年，他们走过"天下最难走的路"，现在却静静地坐着，温雅得和闺女一般。男女混合的一群，有坐的，也有蹲的，争论着一个哲学上的问题，时时哗然大笑，就在他们近边，长石条上躺着一位，一本书掩住了脸。这就够了，不用再多看。总之，这里有特别的氛围，但并不古怪。人们来这里，只为恢复工作后的疲劳，随便喝点，要是袋里有钱；或不喝，随便谈谈天；在有闲的只想找一点什么来消磨时间的人们看来，这里坐的不舒服，吃的喝的也太粗糙简单，也没有什么可以供赏玩，至多来一次，第二次保管厌倦。但是不知道消磨时间为何物的人们却把这一片简陋的绿荫看得很可爱，因此，这桃林就很出名了。

因此，这里的"风景"也就值得留恋，人类的高贵精神的辐射，填补了自然界的贫乏，增添了景色，形式的和内容的。人创造了第二自然！

最后一段回忆是五月的北国。清晨，窗纸微微透白，万籁俱静，嘹亮的喇叭声，破空而来。我忽然想起了白天在一本贴照簿上所见的第一张，银白色的背景前一个淡黑的侧影，一个号兵举起了喇叭在吹，严肃，坚决，勇敢，和高度的警觉，都表现在小号兵的挺直的胸膛和高高的眉棱上边。我赞美这摄影家的艺术，我回味着，我从当前的喇叭声中也听出了严肃，坚决，勇敢，和高度的警觉来，于是我披衣出去，打算看一看。空气非常清冽，朝霞笼住了左面的山，我看见山峰上的小号兵了。霞光射住他，只觉得他的额角异常发亮，然而，使我惊叹叫出声来的，是离他不远有一位荷枪的战士，面向着东方，严肃地站在那里，犹如雕像一般。晨风吹着喇叭的红绸子，只这是动的，战士枪尖的刺刀闪着寒光，在粉红的霞色中，只这是刚性的。我看得呆了，我仿佛看见了民族的精神化身而为他们两个。

如果你也当它是"风景"，那便是真的风景，是伟大中之最伟大者！

1940 年 12 月，于枣子岚垭

白杨礼赞

白杨树实在不是平凡的,我赞美白杨树!

当汽车在望不到边际的高原上奔驰,扑入你的视野的,是黄绿错综的一条大毯子;黄的,那是土,未开垦的处女土,几百万年前由伟大的自然力所堆积成功的黄土高原的外壳;绿的呢,是人类劳力战胜自然的成果,是麦田,和风吹送,翻起了一轮一轮的绿波——这时你会真心佩服昔人所造的两个字"麦浪",若不是妙手偶得,便确是经过锤炼的语言的精华。黄与绿主宰着,无边无垠,坦荡如砥,这时如果不是宛若并肩的远山的连峰提醒了你(这些山峰凭你的肉眼来判断,就知道是在你脚底下的),你会忘记了汽车是在高原上行驶,这时你涌起来的感想也许是"雄壮"，也许是"伟大"，诸如此类的形容词，然而同时你的眼睛也许觉得有点倦怠，你对当前的"雄壮"或"伟大"闭了眼，而另一种味儿在你心头潜滋暗长了——"单调"！可不是，单调，有一点儿罢？

然而刹那间，要是你猛抬眼看见了前面远远地有一排，——不，或者甚至只是三五株，一二株，傲然地耸立，像哨兵似的树木的话，那你的恹恹欲睡的情绪又将如何？我那时是惊奇地叫了一声的！

那就是白杨树，西北极普通的一种树，然而实在不是平凡的一种树！

那是力争上游的一种树，笔直的干，笔直的枝。它的干呢，通常是丈把高，像是加以人工似的，一丈以内，绝无旁枝；它所有的丫枝呢，一律向上，而且紧紧靠拢，也像是加以人工似的，成为一束，绝无横斜逸出；它的宽大的叶子也是片片向上，几乎没有斜生的，更不用说倒垂了；它的皮，光滑而有银色的晕圈，微微泛出淡青色。这是虽在北方的风雪的压迫下却保持着倔强挺立的一种树！哪怕只有碗来粗细罢，它却努力向上发展，高到丈许，二丈，参天耸立，不折不挠，对抗着西北风。

这就是白杨树，西北极普通的一种树，然而决不是平凡的树！

它没有婆娑的姿态，没有屈曲盘旋的虬枝，也许你要说它不美丽，——如果美是专指"婆娑"或"横斜逸出"之类而言，那么白杨树算不得树中的好女子；但是它却是伟岸，正直，朴质，严肃，也不缺乏温和，更不用提它的坚强不屈与挺拔，它是树中的伟丈夫！当你在积雪初融的高原上走过，看见平坦的大地上傲然挺立这么一株或一排白杨树，难道你觉得树只是树，难道你就不想到它的朴质，严肃，坚强不屈，至少也象征了北方的农民；难道你竟一点也不联想到，在敌后的广大土地上，到处有坚强不屈，就像这白杨树一样傲然挺立的守卫他们家乡的哨兵！难道你又不更远一点想到这样枝枝叶叶靠紧团结，力求上进的白杨树，宛然象征了今天在华北平原纵横决荡用血写出新中国历史的那种精神和意志。

白杨不是平凡的树。它在西北极普遍，不被人重视，就跟北方农民相似；它有极强的生命力，磨折不了，压迫不倒，也跟北方的农民相似。我赞美白杨树，就因为它不但象征了北方的农民，尤其象征了今天我们民族解放斗争中所不可缺的朴质，坚强，以及力求上进的精神。

让那些看不起民众，贱视民众，顽固的倒退的人们去赞美那贵族化的楠木（那也是直干秀颀的），去鄙视这极常见，极易生长的白杨罢，但是我要高声赞美白杨树！

大地山河

　　住在西北高原的人们，不能想象江南太湖区域所谓"水乡"的居民的生涯；所谓"暮春三月，江南草长，杂花生树，群莺乱飞"，也还不是江南"水乡"的风光。缺少那交错密布的水道的西北高原的居民，听说人家的后门外就是河，站在后门口（那就是水阁的门），可以用吊桶打水，午夜梦回，可以听得橹声欸乃，飘然而过，总有点难以构成形象的罢？

　　没有到过西北——或者就是豫北陕南罢，——如果只看地图，大概总以为那些在普通地图上有名有目的河流，至少比江南"水乡"那些不见于普通地图上的"港"呀，"汊"呀，要大得多罢？至少总以为这些河终年汤汤，可以行舟的罢？有一个朋友曾到开封，那时正值冬季，他站在堤上，却还不知道他脚下所站的，就是有名的黄河堤岸；他向下视，只见有几股细水，在淤黄泥沙中流着，他还问："黄河在哪里？"却不知这几股细水，就是黄河！原来黄河在水浅季节，就是几股细水！

大凡在地图上有名有目的西北的河，到了冬季水浅，就是和江南的沟渠一样的东西，摆几块石头在浅处，是可以徒涉的。

乌鲁木齐河，那也是鼎鼎大名的；然而当我看见马车涉河而过的时候，我惊讶于这就是乌鲁木齐河！学生们卷起裤管，就徒涉了延水的事，如果不是亲见，也觉得可惊，因为延水在地图上也是有名有目的呀！

但是当夏季涨水的当儿，这些河却也实在威风。延水一次上流涨水，把"女大"①用以系住浮桥的一块几万斤重的大石头冲走了十多丈路。

光是从天空飞过，你不能具体地了解所谓"西北高原"的意义。光是从地上走过，你了解得也许具体些，然而还

---

① "女大"，即延安中国女子大学。创办于1939年7月，1941年9月并入延安大学。

不够"概括"（恕我借用这两个字）。

你从客机的高度仪的指针上看出你是在海拔三千多公尺以上了，然而你从玻璃窗向下看，嘿，城郭市廛，历历在目，多清楚！那时你会恍然于下边是高原了。但在你还得在地上走过，然后你这认识才能够补足。

你会不相信你不是在平地上。可不是一望平畴，麦浪起伏？可是你再极目远望，那边天际一道连山，不也是和你脚下的"平地"是并列的么？有时你还觉得它比你脚下的低呢！要是凑巧，你的车子到了这么一个"土腰"，下面是万丈断崖，而这万丈断崖也还是中间阶段而已，那时你大概才切实地明白了高原之所以为高原了罢？

这也不是凭空可以想象的。

谢家的哥哥以"撒盐"比拟下雪，他的妹妹说，"未若柳絮因风舞"。自来都认为后者佳胜。自然，"柳絮因风舞"，多么清灵俊逸；但这是江南的雪景。如果说北方，那么谢家哥哥的比拟实在也没有错。当然也有下大朵的时候，那也是"柳絮"了，不过，"撒盐"时居多。

积在地上，你穿了长毡靴走过，那煞煞的响声，那颇有燥感的粉末，就会完全构成了"盐"的印象。要是在大野，一望皆白，平常多坎陷与浮土的道路，此时成为砥平则坚实，单马曳的雪橇轻溜溜地滑过，那时你真觉得心境清凉，——而实在，空气也清洁得好像滤过。

我曾在戈壁中远远看见一片白，颇惊讶于五月有雪，后来才知道这是盐池！

1941年8月19日

冬　天

　　诗人们对于四季的感想大概颇不同罢。一般地说来，则为"游春"，"消夏"，"悲秋"，——冬呢，我可想不出适当的字眼来了，总之，诗人们对于"冬"好像不大怀好感，于"秋"则已"悲"了，更何况"秋"后的"冬"!

　　所以诗人在冬夜，只合围炉话旧，这就有点近于"蛰伏"了。幸而冬天有雪，给诗人们添了诗料。甚而至于踏雪寻梅，此时的诗人俨然又是活动家。不过梅花开放的时候，其实"冬"已过完，早又是"春"了。

　　我不是诗人，对于一年四季无所偏憎。但寒暑数十易而后，我也渐渐辨出了四季的味道。我就觉得冬天的味儿好像特别耐咀嚼。

因为冬天曾经在三个不同的时期给我三种不同的印象。

十一二岁的时候，我觉得冬天是又好又不好。大人们定要我穿了许多衣服，弄得我动作迟笨，这是我不满意冬天的地方。然而野外的茅草都已枯黄，正好"放野火"，我又得感谢"冬"了。

在都市里生长的孩子是可怜的，他们只看见灰色的马路，从没见过整片的一望无际的大草地，他们即使到公园里看见了比较广大的草地，然而那是细曲得像狗毛一样的草皮，枯黄了时更加难看，不用说，他们万万想不到这是可以放起火来烧的。在乡下，可不同了。照例到了冬天，野外全是灰黄色的枯草，又高又密，脚踏下去籁籁地响，有时没到你的腿弯上。是这样的草，——大草地，就可以放火烧。我们都脱了长衣，划一根火柴，那满地的枯草就毕剥毕剥烧起来了。狂风着地卷去，那些草就像发狂似的腾腾地叫着，夹着白烟一片红火焰就像一个大舌头似的会一下子把大片的枯草舐光。有时我们站在上风头，那就跟着火头跑；有时故意站在下风，看着烈焰像潮水样涌过来，涌过来，于是我们大声笑着嚷着在火焰中间跳，一转眼，那火焰的波浪已经上前去了，于是我们就又追上送它。这些草地中，往往有浮厝的棺木或者骨殖甏，火势逼近了那棺木时，我们的最紧张的时刻就来了。我们就来一个"包抄"，扑到火线里一阵滚，收熄了我们放的火。这时候我们便感到了克服敌人那样的快乐。

二十以后成了"都市人"，这"放野火"的趣味不能再有了，然而穿衣服的多少也不再受人干涉了，这时我对于冬，理应无憎亦无爱了罢，可是冬天却开始给我一点好印象。二十几岁的我是只要睡眠四个钟头就够了的，我照例五点钟一定醒了；这时候被窝里暖烘烘的，人是神清气爽的，而又大家都在黑甜乡，静得很，没有声音来打扰我，这时候，躲在那里让思想像野马一般飞跑，爱到哪里就到哪里，想够了时，顶天亮起身，我仿佛已经背着人，不声不响自由自在做完了一件事，也感得一种愉快。那时候，我把"冬"和春夏秋比较起来，觉得"冬"是不干涉人的，她不像春天那样逼人困倦，也不像夏天那样使得我上床的时候弄堂里还有人高唱《孟姜女》，而在我起身以前却又是满弄堂的洗马桶的声音，直没有片刻的安静。而也不同于秋天。秋天是苍蝇蚊虫的世界，而也是疟病光顾我的季节呵！

然而对于"冬"有恶感，则始于最近。拥着热被窝让思想跑野马那样的事，已经不高兴再做了，而又没有草地给我去"放野火"。何况近年来的冬天似乎一年比一年冷，我不得不自愿多穿点衣服，并且把窗门关紧。

不过我也理智地较为认识了"冬"。我知道"冬"毕竟是"冬",摧残了许多嫩芽,在地面上造成恐怖;我又知道"冬"只不过是"冬",北风和霜雪虽然凶猛,终不能永远地不过去。相反的,冬天的寒冷愈甚,就是"冬"的运命快要告终,"春"已在叩门。

"春"要来到的时候,一定先有"冬"。冷罢,更加冷罢,你这吓人的冬!

雾中偶记

回忆有时是残忍的，健忘有时是一宗法宝。

严霜下的梦

七八岁以至十一二，大概是最会做梦最多梦的时代罢？梦中得了久慕而不得的玩具；梦中居然离开了大人们的注意的眼光，畅畅快快地弄水弄火；梦中到了民间传说里的神仙之居，满攫了好玩的好吃的。当母亲铺好了温暖的被窝，我们孩子勇敢地钻进了以后，嗅着那股奇特的旧绸的气味，刚合上了眼皮，一些红的、绿的、紫的、橙黄的、金碧的、银灰的，圆体和三角体，各自不歇地在颤动，在扩大，在收小，在漂浮的，便争先恐后地挤进我们孩子的闭合的眼睑；这大概就是梦的接引使者罢？从这些活动的虹桥，我们孩子便进了梦境；于是便真实地享受了梦国的自由的乐趣。

大人们可就不能这么常有便宜的梦了。在大人们，夜是白天勤劳后的休息；当四肢发酸，神经麻木，软倒在枕头上以后，总是无端地便失了知觉，直到七八小时以后，苏生的精力再机械地唤醒他，方才揉了揉睡眼，再奔赴生活的前程。大人们是没有梦的！即使有了梦，那也不过是白天忧劳苦闷的利息，徒增醒后的惊悸，像一篇好的悲剧，夸大地描出了悲哀的组织，使你更能意识到而已。即使有了可乐意的好梦，那又还不是睡谷的恶意的孩子们来嘲笑你的现实生活里的失意？来给你一个强烈的对比，使你更能意识到生活的愁苦？

能够真心地如实地享受梦中的快活的，恐怕只有七八岁以至十一二的孩子罢？在大人们，谁也没有这等廉价的享乐罢？说是尹氏的役夫曾经真心地如实地享受过梦的快乐，大概只不过是伪《列子》杂收的一段古人的寓言罢哩。在我尖锐的理性，总不肯让我跌进了玄之又玄的国境，让幻想的抚摸来安慰了现实的伤痕。我总觉得，梦，不是来挖深我的创痛，就是来嘲笑我的失意；所以我是梦的仇人，我不愿意晚上再由梦来打搅我的可怜的休息。

但是惯会揶揄人们的顽固的梦，终于光顾了；我连得了几个梦。

——步哨放得多么远！可爱的步哨呵：我们似曾相识。

你们和风雨操场周围的荷枪守卫者，许就是亲兄弟？是的，你们是。再看呀！那穿了整齐的制服，紧捏着长木棍子的小英雄，够多么可爱！我看见许多认识的和不认识的面孔，男的和女的，穿便衣的和穿军装的，短衣的和长褂的；脸上都耀着十分的喜气，像许多小太阳。我听见许多方言的急口的说话，我不尽懂得，可是我明白——真的，我从心底里明白他们的意义。

——可不是？我又听得悲壮的歌声，激昂的军乐，狂欢的呼喊，春雷似的鼓掌，沉痛的演说。

——我看见了庄严，看见了美妙，看见了热烈；而且，该是一切好梦里应有的事罢，我看见未来的憧憬凝结而成为现实。

——我的陶醉的心，猛击着我的胸膈。呀！这不客气的小东西，竟跳出了咽喉关，即使我的两排白灿灿的牙齿是那么壁垒森严，也阻不住这猩红的一团！它飞出去了，挂在空间。而且，这分明是荒唐的梦了。我看见许多心都从各人的嘴唇边飞出来，都挂在空间，联结成为红的热的动的一片；而且，我又见这一片上显出字迹来。

——我空着腔子，努力想看明白这些字迹。头是最先看见："中国民族革命的发展"。尾巴也映进了我的眼帘："世界革命的三大柱石"。可是中段，却很模糊了；我继续努力辨识,忽然,轰!屋梁凭空掉下来。好像我也大叫了一声;可是,以后,什么都不知道,什么都已消灭!

我的脸,像受人批了一掌;意识回到我身上;我听得了扑扑的翅膀声,我知道又是那不名誉的蝙蝠把它的灰色的似是而非的翼子扇了我的脸。

"呔!"我不自觉地喊出来。然后,静寂又回复了统治;我只听得那小东西的翅膀在凝冻的空气中无目的地乱扑。窗缝中透进了寒光,我知道这是肃杀的严霜的光,我翻了个身,又沉沉地负气似的睡着了。

——好血腥呀,天在雨血!这不是宋王皮囊里的牛羊狗血,是真正老牌的人血。是男子颈间的血,女人的割破的乳房的血,小孩子心肝的血。血,血!天开了窟窿似的在下血!青绿的原野,染成了绛赤。我撩起了衣裾急走,我想逃避这还是温热的血。

——然后,我又看见了火。这不是Nero①烧罗马引起他的诗兴的火,这是地狱的火;这是Surtr②烧毁了空陆冥三界的火!轰轰的火柱卷上天空,太阳骇成了淡黄脸,苍

---

① Nero,尼禄,古罗马皇帝。

② Surtr,苏尔特尔,北欧神话中的火焰巨人。传说苏尔特尔有一发亮的大刀,常给北方来的冰山以致命的刺击。

穹涨红着无可奈何似的在那里挺挨。高高的山岩，熔成了半固定质，像饴糖似的软摊开来，填平了地面上的一切坎坷。而我，我也被胶结在这坦荡荡的硬壳下。

"呔！"

冷空气中震颤着我这一声喊。寒光从窗缝中透进来，我知道这还是别人家瓦上的严霜的光亮，这不是天明的曙光；我不管事似的又翻了个身，又沉沉地负气似的睡着了。

——玫瑰色的灯光，射在雪白的臂膊上；轻纱下面，颤动着温软的乳房，嫩红的乳头像两粒诱人馋吻的樱桃。细白米一样的齿缝间淌出 Sirens①的迷魂的音乐。可爱的 Valkyrs②，刚从血泊里回来的 Valkyrs，依旧是那样美妙！三四辈少年，围坐着谈论些什么；他们的眼睛闪出坚决的牺牲的光。像一个旁观者，我完全迷乱了。我猜不透他们是准备赴结婚的礼堂呢，抑是赴坟墓？可是他们都高兴地谈着我所不大明白的话。

——"到明天……"

——"到明天，我们不是死，就是跳舞了！"

———————————

① Sirens，塞壬，古希腊传说中半身是人半身是鸟的海妖，常以美妙的歌声诱杀过路的海员。

② Valkyrs，女武神，北欧神话中神的十二个侍女之一，其职责是飞临战场上空，选择那些阵亡者并引导他们的英灵赴奥丁的殿堂宴饮。

——我突然明白了，同时，我的心房也突然缩紧了；死不是我的事，跳舞有我的份儿么？像小孩子牵住了母亲衣裙要求带赴一个宴会似的，我攀住了一只臂膊。我祈求，我自讼。我哭泣了！但是，没有了热的活的臂膊，却是焦黑的发散着烂肉臭味的什么了——我该说是一条从烈火里掣出来的断腿罢？我觉得有一股铅浪，从我的心里滚到脑壳。我听见女子的歇斯底里的喊叫，我仿佛看见许多狼，张开了利锯样的尖嘴，在撕碎美丽的身体。我听得愤怒的呻吟。我听得饱足了兽欲的灰色东西的狂笑。

我惊悸地抱着被窝一跳，又是什么都没有了。

呵，还是梦！恶意的揶揄人的梦呵！寒光更强烈地从窗缝里探进头来，嘲笑似的落在我脸上；霜华一定是更浓重了，但是什么时候天才亮呀？什么时候，Aurora①的可爱的手指来赶走凶残的噩梦的统治呀？

1928年1月12日于荷叶地

---

① Aurora，奥罗拉，古罗马神话中掌管黎明、曙光的女神。

速写一

沿浴池的水面，伸出五个人头。

因为浴池是圆的，所以差不多是等距离地排列着的五个人头便构成了半规形的"步哨线"，正对着浴池的白石池壁一旁的冷水龙头。这是个擦得耀眼的紫铜质的大家伙，虽然关着嘴，可是那转柄的节缝中却蚩蚩地飞进出两道银线一样的细水，斜射上去约有半尺高，然后乱纷纷地落下来，像是些极细的珠子。

五岁光景的一对女孩子就坐在这个冷水龙头旁边的白石池壁上，正对着我们五个人头。水蒸气把她们俩的脸儿熏得红喷喷的，头上的水打湿了的短发是墨黑黑的，肥胖的小身体又是白生生的。她们俩像是孪生姊妹。坐在左边的一个的肥白的小手里拿着个橙黄色透明体的肥皂盒子；她就用这小小的东西舀水来浇自己的胸脯。右边的一个呢，捧了一条和她的身体差不多长短的手巾，在她的两股中间揉摩。

虽是这么幼小的两个，却已有大人的风度，然而多么妩媚。

这样想着，我侧过脸去看我左边的一个人头。这是满腮长着黑森森的胡子根的中年汉子的强壮的头。他挺起了眼睛往上瞧，似乎颇有心事。

我再向右边看。最近的一个正把滴水的手巾盖在脸上，很艰辛地喘气。再过去是三角脸的青年，将后颈枕在浴池的石壁上，似乎已经入睡。更过去是一张肥胖的圆脸，毫无表情地浮在水面，很像个足球。

忽然那边的矿泉水池里豁刺刺一片水响，冒出个黄脸大汉来，胸前有一丛黑毛。他晃着头，似乎想出来却又蹲了下去。

大概是惊异着那边还有人，两个小女孩子都转过头去了。拿肥皂盒的一个的小脸儿正受着冷水龙头逃出来的水珠。她似乎觉得有些痒罢，她慢慢地举起手来搔了几下，便又很正经地舀起水来浇胸脯。

1929年2月6日

速写二

水声很单调地响着，琅琅地似乎有回音。浓雾一般的水蒸气挂在白垩的穹窿形屋顶下，又是入睡似的静定。

不知从什么时候起，浴场中只剩下我一个人。

坐在池子边的木板上，我慢慢地用浸透了肥皂沫的手巾摩擦身体。离开我的眼睛约莫有两尺远近，便是那靠着墙壁的长方形的温水槽，现在也明晃晃地像一面大镜子。

可是我不能看见我自己的影。我的三十度角投射的眼光却看见了那水槽的通到隔壁浴场的同样大小的镜平的水面。

这样在隔断了的两个浴场中间却依然有这地下泉似的贯通彼此的温水槽呢！而现在，却又是映见两方的镜子。

我想起故乡民间传说里的跨立在阴阳界上的那面神秘的镜子来了。岂不是一半映出阴间的事而又一半映出阳间的事，正仿佛等于这个温水槽的临时的明镜？

我赞美这个民间传说的奇瑰的想象，我悠悠然推索这个民间传说的现实的张本。我下意识地更将头放低些，却翻起眼珠注视这沟通两世界的新的阴阳镜。

蓦地一个人形印在我的眼里了。只是个后身。然而腰部的曲线却多么分明地映写在这个水的明镜！如果我是有一个失去了的此世间的恋人的呀，我怕要一定无疑地以为阳间的我此时正站在阴阳镜前面看见了在冥国的她的情影！

一种热烈的异样的情绪抓住了我。那是痴妄的，然而同时也是圣洁的，虔诚的。

然后，正和传说中神秘的镜子同样地一闪，美丽的腰肢蓦地消失了；泼剌一声，挽着个小木盆的美丽的白手臂在镜平的水面一沉，又缩了上去。温水槽里起了晕状的波动。传说的梦幻的世界破灭了，依然是现实的浴场，依然是浓雾一般的蒸气弥漫在四壁间入睡似的静定。

1929 年 2 月 17 日

故乡杂记

第一　一封信

年青的朋友：

这算是我第一次写信给你。写几千字的长信，在我是例外之例外；我从来没有写过一千字以上的长信，但此刻提起了笔，我就觉得手下这封信大概要很长，要打破了向来的记录。原因是我今天忽然有了写一封长信的兴趣和时间。

朋友！你大概能够猜想到这封信是在怎样的环境下写起来的罢？是在我的故乡的老屋，更深人静以后，一灯如豆之下！故乡！这是五六万人口的镇，繁华不下于一个中等的县城；这又是一个"历史"的镇，据《镇志》，则宋朝时"汉奸"秦桧的妻子王氏是这镇的土著，镇中有某寺乃梁昭明太子萧统偶居读书的地点，镇东某处是清朝那位校刊《知不足斋丛书》的鲍廷博的故居。现在，这老镇颇形衰落了，农村经济破产的黑影沉重地压在这个镇的市廛。

可是现在我不想对你说到老镇的一切，我先写此次旅途的所见。

朋友，我劝你千万莫要死钉住上海那样的大都市，成天价只把几条理论几张统计表或是一套"政治江湖十八诀"在脑子里倒去颠来。到各处跑跑，看看经济中心或政治中心的大都市以外的人生，也颇有益，而且对于你那样的年青人，或者竟是必要的。我向来喜欢旅行，但近年来因为目疾胃病轮流不断地作怪，离不开几位熟习了的医生，也使我不得不钉住在上海了。所以此次虽然是一些不相干的事，我倒很愿意回故乡走一遭。

朋友，你猜想来我是带了一本什么书在火车中消遣？"金圣叹手批《中国预言七种》"！

这是十九路军退出上海区域前后数日内，上海各马路转角的小报摊所陈列，或是小瘪三们钉在人背后发狂地叫卖的流行品之一！我曾经在小报摊上买了好几种版式的《推背图》和《烧饼歌》，但此部《中国预言七种》却是离开上海的前夕到棋盘街某书局买来的，实花大洋八角。朋友，也许你觉得诧异罢？我带了这唯一的书作为整整一天的由火车而小轮船而民船的旅途中的消遣！

我们见过西洋某大预言家对于一九三二年的预言。路透社曾使这个预言传遍了全世界。这个"预言"宣称一九三二年将有大战争爆发，地球上一个强国将要覆灭，一种制度（使得全世界感到不安，有若芒刺在背的一种制度），将在战争的炮火下被扫除。路透社郑重声明这位预言家曾经"预言"了一九一四年的世界大战，所以是"权威的"预言家。不妨说就是西洋的刘伯温或袁天罡，李淳风罢？然而资本主义国家的"预言家"毕竟和封建中国的刘伯温等等有点不同。资本主义国家预言家的"使命"是神秘地暗示了帝国主义者将有的动作，而且预先给这将有的动作准备意识，——换言之，就是宣传，就是鼓动。因此，它的作用是积极的。封建中国的"传统的"预言家如刘伯温等等及其《烧饼歌》，《推背图》，却完全是消极作用。取例不远，即在此次上海的战事。二月二十日左右，日本援军大至，中国却是"后援不继"，正所谓"胜负之数，无待蓍龟"的当儿，大批的《烧饼歌》和《推背图》就出现于上海各马路上了。《烧饼歌》和《推背图》原是老东西，可是有"新"的注解，为悲愤的民众心理找一个"定命论"的发泄和慰安。闸北的毁于炮火既是"天意"，那就不必归咎于谁何，而且一切既系"天意"，那就更不必深痛于目前的失败，大可安心睡觉，——或者是安心等死了：这是消极的解除了民众的革命精神，和缓了反帝国主义的高潮。这是一种麻醉的艺术品，特种的封建式的麻醉艺术品！

朋友！我发了太多的议论，也许你不耐烦罢？好，我回到我的正文：我在三等客车中翻阅那本《中国预言七种》。突然有一个声音在我耳边叫道：

"喂，看见么？'将军头上一棵草'！真不含糊！"

我转过头去看了一眼，原来是坐在我旁边的一位商人；单看他那两手捏成拳头，端端正正放在大腿上，挺直了腰板正襟危坐的那种姿势，就可以断定他是北方人。朋友，你知道，我对于"官话"，虽说程度太差，可是还能听得懂，但眼前这位北方人的一句话，我简直没有全懂；"将军——什么？"我心里这样猜度，眼珠翻了一翻，就微微一笑。朋友，我有时很能够——并且很喜欢微笑；我又常常赞美人家的"适逢其会"的微笑。但是那时我的微微一笑大概时机不对，因为那位北方人忽然生气了；他的眉毛一挺，大声说：

"他妈的！将军头上一棵草！真怪！"

我听明白了。我虽不是金圣叹，也立刻悟到所谓"将军头上一棵草"是指的什么，我又忍不住微笑了。我立刻断定这是《推背图》或《烧饼歌》上的一句。我再看手里的《预言》。

"不错。万事难逃一个'数'。东洋兵杀到上海，火烧闸北——蔡廷锴，蒋光鼐，《烧饼歌》里都有呢！——上年的水灾，也应着《烧饼歌》里一句话……"

在我左边，又一个人很热心地说。这是一位南方人了，看去是介于绅而商中间的场面上人；他一面说，一面使劲地摇肩膀。我的眼睛再回到手里的书页上。

忽然一只焦黄而枯瘦的手伸到我面前来了；五个手指上的爪甲足有半寸长，都填满了垢污，乌黑黑地发光；同时，有一条痰喉咙发出的枯燥的声音：

"对勿住。借来看一看。"

我正要抬头来看是什么人，猛又听得一声长咳，扑的一口黄痰落在地板上，随即又看见一只穿了"国货"橡皮套鞋的脚踏在那堆痰上抹了一下。不知道为什么，我最怕这种随地吐痰而又用脚抹掉。我赶快抬起头来，恰好我手里的那本《预言七种》也被那只乌黑爪甲的枯黄手"抢"（容我说是抢罢）了去，此时这才看明白原来是坐在我对面的一位老先生，玳瑁边破眼镜而瓜皮皮帽。他架起了腿，咿咿唔唔念着书中的词句；曾经抹过那堆黄痰的一只橡皮套鞋微微摆动，鞋底下粘着的黄痰挂长为面条似的东西，很有弹性地跳着。

朋友，我把这些琐屑的情形描写出来，你不觉得讨厌么？也许你是。然而朋友，请你试从这些小事上去理解"高等华人"用怎样特殊的他们自己的方式接受了西洋的"文化"。他们用鞋底的随便一抹就接受了"请勿随地吐痰"的西洋"文化"。这种"中国化"的方法，你在上海电车里也许偶尔看到，但在内地则随时随地可以看到。他们觉得这样"调和"中西的方法很妥当。至于为什么不要随地吐痰的本意，他们无心去过问，也永远不打算花心力去了解。

可是我再回到这位老先生罢。他把那本《预言》翻来翻去看了一会儿，就从那玳瑁边的眼镜框下泛起了眼珠对我说：

"人定不能胜天。你看十九路军到底退了！然而，同人先笑而后号咷，东洋人倒灶也快了呀！"

"哦——"我又微笑，只能用这一个声音来回答。

"不过，中原人大难当头，今年这一年能过得去就好！今年有五个'初一'是'火日'呀！今年八月里——咳，《烧饼歌》上有一句，——咳，记不明白了，你去查考罢。总而言之，人心思乱。民国以来，年年打仗。前两年就有一只童谣：'宣统三年，民国二十年，共产五年，皇帝万万岁！'要有皇帝，才能太平！"

"可不是宣统皇帝已经坐了龙庭！"

我右边坐的那位北方人插进来说。

但是那老先生从玳瑁眼镜的框边望了那北方人一眼，很不以为然地哼了一声。又过一会儿，他方才轻声说：

"宣统！大清气数已尽，宣统将来要有杀身之祸。另是一个真命天子，还在田里找羊草！"

于是前后左右的旅客都热心地加进来谈论了。他们转述了许许多多某地有"真命天子"出世的传说。他们所述的"未来真命天子"足有一打，都是些七八岁以至十三四岁的孩子，很穷苦的孩子。

朋友，在这里就有了中国的封建小市民的政治哲学：一治一乱，循环反复，乱极乃有治；然而拨乱反正，却又不是现在的当局，而是草野崛起的真命天子。《推背图》和《烧饼歌》就根据了此种封建小市民的政治哲学而造作。中国每一次的改朝换代，小市民都不是主角，所以此种"政治哲学"就带了极浓厚的定命论色彩。在现今，他们虽然已经感到巨大的变动就在目前，然而不了解这变动的经济的原因，他们只知道这变动是无可避免的，他们在畏惧，他们又在盼望。为什么盼望？因为乱极了乃有太平可享！

十一点三十分，到了K站，我就下车了。

第二　内河小火轮

从火车上就看见"欢迎国联调查团"的白布标语①，横挂在月台的檐下。这是中英文合璧的标语，今天清晨离开上海时，曾见到处张贴着此类标语，不料行了四小时，而此类标语，早已先我而在！中国统治阶级办事的手腕，有时原也很敏捷的。据各报消息，国联调查团将于明晨到达上海，而且将来经行沪杭路与否，尚不可知；然而这里车站上却已先期欢迎。于此又见中国统治阶级办事的手段有时异常精细而周到了。

车站大门上又有一条白纸黑字的招纸："税警团后方伤兵医院招待处"。

于是我忽然由"税警团"联想到鼎鼎大名的王赓，又联想到了陆小曼女士和故诗人徐志摩。更想到志摩在《猛虎集》序文中所反复自悼的"诗情枯窘"了。记得前年秋天在上海遇见他时，他也有同样的悲感——虽然他说话的

---

① 1932年4月，国际联盟派英国贵族李顿（V. Lytton）率调查团来我国东北调查"九一八"事件。

态度永远是兴高采烈而且诙谐。那时我曾经这么发问："你推求过你这近年来诗思枯窘的原因么?"他耸耸肩膀微笑。过了一会儿,他吐露这样的意思:诗题尽有,但不知怎地,猛烈的诗情不能在他胸中燃烧。现在,经过了火与血的上海"一·二八",假使徐志摩尚在,不知他还依旧感到诗情枯窘不?

这么胡乱想着,想着,我已经离开了车站,杂在一群各色人等皆有的杂牌旅客军中,冲开了人力车和脚夫的包围——还有连声唤问"南湖去喂?"的船娘,走到内河小火轮的埠头上了。这是个混杂的埠头。所有往来苏湖一带"内地"各市镇的轮船全都麇集在这里,卸下了旅客,又装上了旅客。我挤上了一条"无锡快",问明白是经过我的故乡的,我就从叫卖着"花生酥"、"荸荠"等等小贩的圆阵内跑进船舱里去了。

已经是满舱的人,都是故乡的土白。这条船虽则要经过不少"码头",但照例十之八九是我的故乡的旅客;十年前如此,现在仍然如此,就不知道再过十年将怎样。

船,已经不是十年前那条船,但船中的布置,形形色色的旅客,挤来挤去的小贩,都和十年前没有什么两样。只多了一两位剪发时装的女郎算是一九三二年的记号。

船头上仍旧挂着一块"水板",淡墨的字是沿途所到各市镇的名儿，并肩排作一列；另一行大书"准一点半开船"，却是照例不"准"，照例要延迟。

我看自己的表，还只有十二点钟；我只好耐心坐在那里等候了。

渐渐儿从嘈杂的人声中辨出两三个人的对话来。一望而知都是小商人，很热心地在谈论上海战事的将来。他们以为中日间的"不宣而战"，还要继续与扩大，而结果一定是日本军的败北。他们中间一位剃了和尚头的四十多岁的人，很肯定地说：

"定规还要打！不打，太呒交代。东洋小鬼就是几只飞机兵船厉害，东洋兵是怕死的！东洋兵笨手笨脚，不及中国兵灵便，引他们到里厢，东洋的兵船开勿进来，飞机不认识路，东洋兵一定要吃败仗！"

"蛮对！要引他们进来。松江造好一个飞机场了。火车来时，你看见铁路旁边掘战壕么？松江落来，一连有四道战壕已经掘好了！"

另一个三十多岁的瘦长子接着说，并且意外地对我看了一眼，似乎要我出来证实他的"军事发见"，我又微笑了。松江左近新筑飞机场，当车过松江时，已经听得人们在那里说。至于"一连四道的战壕"呢，我是目击的；但我就有点怀疑于那样短短而简陋的壕沟能有多大的防御能力。从前我看见军官学校学生打野操时掘的战壕，就还要长，还要复杂。可是我并没把这疑问提出来叫那两位"主战的"小商人扫兴，我只是微笑。

坐在我旁边的第三位"老乡"，五十多岁的小商人（后来我知道他就是故乡某绸缎铺的经理），觉得我的微笑里有骨头，就很注意地望了我一眼，同时他摸着下巴很苦闷地自言自语着：

"定规是还要打。不过，一路来总不见兵，奇怪！——"

立刻那位三十多岁的瘦长子跳起来纠正了，险一些碰翻了站在旁边仰脸呆看的江北小孩子的荸荠篮。瘦长子虽然清瘦，声音却很大：

"啊，老先生，你弄错了。中国兵不是沿铁路驻扎的，都藏在乡下。——为啥？避避国联调查员的眼睛呀！你不相信，去看！嘉兴城里也不扎兵。不过，落去到陶家泾，就驻扎了两万多兵，全是驻扎在茧厂里——"

他的话在此一顿，伸手抓一下头皮，然后转身把嘴巴凑近了那位剃光和尚头的同伴的耳边，又用左手掌掩在嘴边，显然有几句更重要更"机密"的话将要说出来；却不料他身旁那位仰脸呆看的卖荸荠的江北小孩子猛然觉醒过来似的本能地喊卖起来：

"荸荠呀！拴白荸荠呀！"

这一声叫卖虽然是职业地响亮而且震耳，但在此嘈杂的"无锡快"中却也并不见得出众的讨厌；然而我那位三十多岁的瘦长子老乡蓦地生气了。他不说话了，反手将卖荸荠的江北小孩子一推，就喊道：

"讨厌！卖荸荠的出去！江北人顶惹厌！上海要捉江北人，江北汉奸！"

同船的人都哄然大笑，也一叠声喊着："江北人出去，出去！"那边房舱里的客人也被惊动了。有一位剪发的女郎探出头来看望。她穿一件灰色法兰绒的春大衣，毛葛长旗袍，旗袍的跨缝也开得很高，露出那长而且大的裤管，粗看就仿佛像一条裙子似的晃着晃着。小江北人提起荸荠篮怔了片刻，就慌慌张张跑到后艄去了。另一个卖花生酥的黄脸男子，门牙都落在嘴唇皮外，又怪样地留着一抹黄须的，就填补了那个小江北人遗下来的地盘。

不知道是何因缘，那卖花生酥的黄脸汉子认定了我是一个好主顾，用了苍蝇叮血那样的韧精神来向我兜售他的货品了。他翘起他那乌黑的长爪甲的手指，从他的托盘内取出一盒花生酥打开来，拈了一块直送到我的鼻子尖，一面夸奖他的货色：

"闻闻看，喷香，鲜甜，时新货！你先生是吃惯用惯！上一趟你交易了十盒去，送送朋友，大家称赞！今回还是十盒罢？另外买一盒，船里消消闲!"

我真有点窘了，碰见这样生意经烂熟的小贩，居然硬派我是他的老主顾，并且上一趟还交易过十盒。已有十年之久，我不曾坐过这条船！何来"上一趟"的交易呀！但是这位黄脸汉子，当真有些儿面熟。哦，想起来了，前年五月我送母亲回家，曾到这轮埠来过，许就是那时见过这卖花生酥的黄脸汉。至于时新货的花生酥，我在上海棋盘街商务印书馆发行所门前，时常碰到，我实在很不喜欢此类甜点。可是被他这一纠缠，我不能再静听老乡们议论军国大事了；我只好逃开，也是往船艄上一钻。

经过了那房舱时，我看见里面塞满了人，三个男的两个女的，另外一个将近三岁的小孩子。刚才探头出来张望的时装剪发女郎坐在那里吃甘蔗。另一位女郎（看后影也是很时髦的），则在船窗口买进了大批的水浸去皮的荸荠来。那浸荸荠的水就是从河里汲的，太阳照着微微闪着金绿色；不远的地方就有人在河滩洗衣，淘米，甚至于倾弃垃圾。

我们故乡一带的河道，负的任务可真不少呀！它是交通的脉络，它又是人民饮水之库，它又兼任了垃圾桶的美差！

当下我爬上后艄，立刻又被另一批小贩所包围了。我应付不开，便取了不理的态度，一面在口袋里掏出卷烟来。哪知道当即有人划着火柴送到我眼前。我一怔，就站起来了；还没有看清是什么人送火来，却已经听得那人带笑说：

"客人，请坐罢！——便的，便的！交易几包瓜子大王罢？船里消消闲！"

我这才明白又是一位小贩。我忍不住微笑了，但心里却是一阵酸。艰难的生活斗争把他们磨炼成这种习惯了！虽然我素来不喜欢咬瓜子"消闲"，此时却觉得不交易几包似乎太对不起人了。我便买了几包所谓"瓜子大王"，塞在衣袋里，转身去找船上的茶房攀谈：

"客人已经塞满了，还等什么呢？"

"等邮政包封呀！"

是异常不客气的回答。

我又微笑了。我以为船上茶房之类大概是不大会客气的。但是我这决定立即被推翻。又来了一个中年灰气色脸的男子，那位不客气的茶房立即就变成异常"君子之风"，——简直可以说是过分的巴结。他撩起身上的"作裙"，在一张凳上抹了又抹，陪笑地请那位灰气色脸的男子坐下，又赶快找出话来报告道：

"四先生，你看！前面两只装米的杭州船被兵营里扣住了，装了子弹！四先生，你看船脚多少重呀！"

灰气色脸的男子微微一颔首，从牙缝里哼出几个字来：

"还要打呢！造伊拉娘个东洋乌龟！"

我向河里望，果然有两条木船并肩泊着，船里有一些木箱子，有两三个丘八坐在箱子上吸烟。我想：沿铁路有些玩意儿的"战壕"，离铁路沿线乡下有兵，而这里又扣船运弹药，这一切，在嘉湖一带的小商人看来，当然是很浓厚的战时空气了。然而他们又有一个古怪的思想：一星期内尚不至于开火，因为国联调查团在上海。这一个不知何所见而云然的理解，立即又由那所谓四先生者表示出来：

"喂，阿虎，今天上来时看见斗门有兵么？造伊拉格娘，外国调查员一走开，就要开火呢！火车勿通，轮船行不得，造伊拉格娘，东洋乌龟勿入调！"

我忍不住又微笑了。他们把"东洋人"和大中华民国看成两条咬打的狗似的，有棒子（国联调查团）隔在中间时，是不会打起来的，只要棒子一抽开，立刻就会再打。而国联调查团也就被他们这么封建式地理解作三家村的和事老阿爹。他们的见解是这样：和事老阿爹永远不能真正制止纷争，但永远要夹在两造中间作和事老，让打得疲倦了的两造都得机会透回一口气来。

小贩们的兜卖不绝地向我下总攻击。好像他们预先有过密约，专找我一人来"倾销"。并且他们又一致称我为

“老主顾”。可是我实在并没“异相”可以引起他们的注意，而且自从上船以来除买了瓜子而外，也没撒手花过半个钱。而何以我成了他们“理想中”的买主呢？后来我想得了一个比较妥当的解释：因为其余的旅客大都常乘这班船，小贩们已经认得，已经稔知他们不肯买时就硬是不买；而我呢，则是生客，又且像是一个少爷，——所谓吃惯用惯，因而就认为是有缝可钻的蛋，拼命地来向我挜卖了。而也因为是生客，所以虽得小贩们的热烈包围，却不能得到船上茶房的较为客气的接待。

不用说，在等候船开的一个半钟头内，我这位生客很叫那些拥上前来又拥向后去的小贩们失望了；和不客气的船上茶房却成立了一笔生意，我泡了一壶茶。

一点半又过二十分，拖带我们这“无锡快”的柴油引擎小轮方才装足了燃料，发出了第一次的马达声，和第一声的汽笛。

我松了一口气。为的终于要开船，而且为的小贩们都纷纷上岸了。

拖了我们那“无锡快”的柴油引擎小轮船气喘喘地发怒似的全身震动着，从各式各样的大小船只的乱阵中钻过，约莫有半小时之久，方始绕到北门。在这里，又有“片刻”的停泊，又涌来了最后一批的搭客。实在我们那“无锡快”

早已"满座",并且超过了船里所挂的煌煌"船照"上规定的乘客人数了；但最后下来的十多人也居然如数收纳，似乎人们所占的面积是弹性的，愈压紧就愈缩小。而"船照"上所规定的限制人数三十位却是弹性最大限度的标准罢了。我这理论，立刻又被证实。因为一注"意外的收入"又光降我们这条"无锡快"了。有一条"差船"和十来个武装同志要求拖在我们后面。他们要到陶家泾，正是我们那轮船所必经的"码头"。那"差船"是乡下人用的"赤膊船"，光景是征发来的；船里仿佛就只有十来个兵。

我不能不说这些武装同志委实是十二分客气。因为他们仅仅要求"附拖"，并没把施之于乡下赤膊船的手段加在我们那轮船上。虽然这一来附拖，轮船局里将多费了毫无代价的几加仑柴油，然而随轮的帐房先生也知道"爱国"，毫没难色地就允许了。实在也是不由他不答应，因为"差船"早已靠上来，十几个武装同志早已跳在柴油小轮和"无锡快"上，沿着船舷，像觅食的蚂蚁似的不断地来来往往。

"那边好！那边好！"

他们叫唤着，招呼着。立即有五六位跳到船头上，把身子一矬，就打算往舱里钻。舱里实在挤得太满了，探头在舱门口的两三位也显得踌躇了。于是他们将就在船头上蹲着。他们都是徒手，湖南口音。

这时候，另外有五六位实行了"包抄"的战略，从船艄侵入到舱里来了。他们在那狭得只容人侧身而过的孔道中（实在就是人缝中）拥来拥去，嘈嘈杂杂叫喊些不知什么。

忽然船窗外的舷板上有一个人气急地高声吆喝：

"出来！出来！里边不准去，不准去！"

一面这么说，一面这个就也跑到船头上了。这是一位挂武装带的官长（我猜他是一个排长），灰布的军衣和马裤，却没有绑腿，腰间是一支盒子炮，并没那木盒，很随便地倒插在武装带里，另用一根南货店里扎货包的细麻绳一端拴住了那盒子炮口的准头，又一端就吊在斜皮带近肩头的孔内。所以虽则是一支盒子炮，却不是取了"佩"的方式，而是像长枪那样"背"起来了。这位官长到了船头上，就用手里的一根细竹梢敲着自己的皮鞋，带几分口吃的样子对他的弟兄们说：

"里边不准，不准去！这里，这里，也不能蹲！老百姓要做生意！"

他接连说了几遍，弟兄们方才懒洋洋地起来，分做两支，又沿着船舷，橐橐地往后艄那方面跑，因为他们那"差船"就泊在"无锡快"的后面。那官长探头向舱里一望，刚好看见先已在舱中的五六位像痴人似的在那里乱钻乱拱，于是他也钻进舱来，在人堆里扬起他的细竹梢，满口嚷着湖南白，也要赶那五六位出去。好容易把这五六位赶到船头上，又也沿着船舷，囊囊地往后艄跑，这位官长已经累得满脸汗珠了。他自己倒并不想坐这"无锡快"，他重复跑到船头上，也沿着船舷往后走，不料刚才被他从舱里赶出来的五六位又早盘踞在船艄上，而最初蹲在船头的几位则已经由船艄而中舱，又蹲在船头上了。

这一个新式的捉迷藏，引得满船的旅客都哄然笑起来了。站在后艄舷板上的那位官长却笑不出来，只是把脸涨红。大概他觉得在许多老百姓前暴露了自己的没有威严是太丢脸罢？他下了决心了。他发急地用细竹梢敲着船板，对后艄上的弟兄们说：

"对你们说，这里不得蹲，不得蹲！何该？——这里是老百姓要做生意的！到'差船'上去！那边是一个空船，没得人，蹲在这里不——"

他的呼吸急促了，脸更涨得红，手里的细青竹梢不住地呼呼地挥着。

弟兄们垂着头装瞌睡，完全不理这位官长的命令。

而小轮上的老大恰又拉起回声来，是催促这些武装同志赶快安排好，船是不能再多延挨时光了。

后来幸而老百姓也来"说话"，这才总算把后艄的五六位弄到了那只"差船"上，那时蹲在船头上的几位却在那里吃花生，唱"打倒列强"的老调子。那位官长也就"善刀而藏"，他自己也挤到船头上蹲在那里。

陶家泾是沿途所过的第一个码头。这是极小的乡镇，总共不过十来家小铺子，但现在却连这十来家小铺子都关着门，只有兵在岸上彳亍。附拖的"差船"在这里放下，兵们都上了岸。此时方才看见"差船"里原来还有东西，是几把青菜和油豆腐，一个兵提了，笑盈盈地走到一座草房后去了。

此时已有三点钟，而横在我们前面的路程却还有三分之二强。近来内河小轮常常遭匪劫掠，天黑后行船是非常冒险的；有几位旅客因此很表示了焦灼了。他们惟一的希望是此去别无延搁，可以开足了速率走。然而不幸，在陶家泾开船后走不到两三里路，船又忽然停了。看岸上时，是一座停业中的茧厂，现在却借作兵营，沿茧厂左近的矮小平房也都驻了兵，其中有一间平房的门口站着门岗，立一杆幡形的长旗，大书陆军第某师某团某营营本部。军用电话的铃声在那间平房里急令令地响。

同船的旅客都忙乱起来了，交头接耳地纷纷询问：

"船又停了，为什么呀？难道要扣去装兵么？"

没有一个人能够给确实的回答。但船是停住了，声音最大的柴油引擎小轮船此时默然不响，简直是不打算再赶路的模样。

"机器坏了！"

有一个茶房从船头上跑来说。原来不过是机器坏！于是大家都松一口气。杂乱的议论跟着就起来了。在先那位喜欢谈谈军国大事的瘦长子老乡就很得意地在大腿上拍一下说：

"我说不是捉差，果然呀！他们白天里不调动兵队。——为啥？恐防东洋人在飞机里看见掷炸弹呀！"

于是他就屈着指头，历数某日某时东洋人的飞机曾经飞过获院，飞过桐乡，飞过某某地方。他已经忘记只在两小时前他还同意过他那位光头同伴的"东洋人飞机不认识路"的论调。

光头的同伴努力附和着。他又称赞这兵调来得真快；前三天他"上去"时经过这里，还没看见有兵哪。但是五十多岁的绸缎店经理却在一旁摇头，——谁也不能猜透他这摇头是什么意思；他的脸色依旧是那样苦闷，他不说话，只把左手的四个爪甲很长的指头在桌子边轻轻地有节奏似的敲着。过一会儿，他转脸对那个瘦长子同伴说：

"吉兄，打到里边来，连里边的市面都要吵光罗。上海北头，横直是烧光末，要打就在北头打！伊的兵队调动得快，为啥勿早点调到上海，同十九路军一淘打？总归是勿齐心，自淘伙里七支八搭！"

叫做"吉兄"的瘦长子于是也皱一下眉头，觉得无话可答，就伸一个懒腰急急地咒骂那轮船了：

"触霉头格轮船！半路上插蜡烛！今朝到埠勿过七点钟，算我的东道！"

说着，他就挤到船头上看"野眼"去了。

这时船既停下来，就没有了风，塞满了四十多人的船舱就更加闷热，空气也很恶浊。小孩子们啼哭，老太婆谈家常，又谈到某处庙里的菩萨满身是血，两眼流泪，所以"世界不太平"了。

我爬在船窗口看岸上的兵。听口音都是两湖人。态度异常"写意"，毫没有摩拳擦掌准备厮杀的神气。有二十来个兵拿了铲子和土畚在那里填平他们的"营本部"门前的泥路。他们的工作就像唱昆曲的戏子似的一摇一摆，十分从容。离"营本部"右方一箭之远就是那停业中的茧厂，惟一的高楼房，也住着兵，可是既没有门岗，也没放步哨，兵们是三三两两地在茧厂前的空场上开玩笑。有几位脱下了衣服，蹲在地下捉虱子。他们不打绑腿，穿的是绿帆布的橡皮底"跑鞋"。他们都是徒手，空场上也不见他们搭的枪架。

只有四个兵全身武装,在相离"营本部"左右五六丈的泥路上来回彳亍,——大概他们就是步哨。

河滩上有许多兵在那里洗衣服。他们利用了老百姓家里的舂凳,把水淋淋的衣服在舂凳上拍拍地打。打过后就提着衣服跳上泥岸,抖开了铺在小桑树上晒。这一带的桑树全挂满了灰色军服。

忽然在灰色中显现出鲜明的一点来了!那是在作为"营本部"那间平房的东间壁。也是同样的平房,看样子本来是杂货铺子,但现在当然只有兵。我所说的"鲜明一点"就在这间平房里飞快地一晃。我看得很明白,是一位剪了头发的女子踅到门前对我们那轮船看了一眼。虽然不是都市女子的服装,但也不像乡村女子,只看她一头短发剪得何等"入时"呀!一路来,常见竹篱茅屋畔探露出剪了头发的女子的上半身,可是无论如何我一眼就能判定她们是真正的村姑,和眼前这一闪就不见了的一位有很大的不同。我很盼望她再出来一次,但是使我失望;那平房的没有门窗的外边半间里始终只有兵们走进走出,一张破桌子旁坐着几位像是什么"值日官"之类的斜皮带者,不住地在那里吸香烟。

随军一定有几位"女同志",想来于今是惯例了罢?

离这平房再往东些，又有七八个"乡下人"围坐在一张板桌边，他们身上各有一条白布符号，可惜相隔远了，看不清楚白布上写的是什么字。在兵们中间，他们显得十分拘束，而且垂头丧气很苦恼。后来听船上人说，这七八位就是拉来的伕子。

有位挂斜皮带的官长从东边的小桥岔道处跑了来（那边不见有散散落落彳亍的兵），到得"营本部"的平房门外，就喊了一声：

"报告！"

门开了，当门站着一个卫兵，门边泥墙上挂着三四顶军帽和一套军衣。不多一会儿，就听见电话铃响，又有高朗的说话声音。又过了一会儿，就看见先前进去的那位官长跑出来了，手里拿着一封公文，仍旧向来路走去。

时间已经过去了一小时许，我们那条柴油小轮依旧没有活动的征兆；据说那损坏的一部分机件已经修好了装上去，但是不灵，现在又拆下来重新修理。旅客们都等得不耐烦了；有几位要在第二站的浟院下船的，就说早知如此，船停时就上岸走，现在早已到家了。那位最得茶房欢迎的灰气色脸四先生死洋洋地对茶房说：

"喂，阿虎，看来要在船里吃夜饭罗，米够么？"

茶房阿虎咧开嘴巴笑，停一会儿，方才回答道：

"快哩，快哩！修修机器，蛮便当的。"

当真岸上的兵们搬出夜饭来了。两个也穿灰布军衣的人先抬出一箩饭来放在路口，接着又抬出一只大铜锅，锅身上的黑煤厚簇簇地就和绒毛相似。锅里是青菜和豆腐混合烧成的羹。抬锅的人把这青菜豆腐羹分盛在许多小号脸盆似的洋铁圆盒里，都放在泥土上。于是五六个兵一组捧一盆青菜豆腐羹，团团围住了，就蹲在泥地上吃。饭是白米饭，但混杂的砂石一定不少，因为兵们一面大口地往嘴里送，一面时时向地上吐唾沫。

我们船上的人总有一半爬在窗口看兵们吃饭。忽然那位三十多岁的瘦长子老乡钻进舱里来，看着五十多岁的绸缎店经理说：

"当兵真苦。你看他们吃点啥东西呀！东洋兵每顿是大鱼大肉，还有好酒，娇养惯哩，故所以勿会打仗！再打罗，东洋兵必败！"

绸缎店经理苦着脸，还没回答，突然从船头上送来了卜卜卜的一阵响，柴油小轮的机器终于修好，船又动了。

以后的水程算是没有意外的阻搁。柴油小轮以每小时十八华里的速率向前走着。谜一样的未来中日之战又成为旅客们谈论的题材。我不能不说他们那谈论还只是"消闲"

的性质，正和他们咬瓜子"消闲"相仿佛；但是一种焦灼和愤慨，却也常在话意中透露出来。虽然同是小商人，然而他们的意识情感又和沪杭车中我所接触的小商人很有些不同了。封建的内地乡镇的小商人的他们似乎比大都市内的小商人更为"盲目"，更为"乐观"，同时亦更为容易受"欺骗"。因为是更"盲目"，他们不感知大地震似的剧变即在不远的将来，他们只认眼前的"不太平"是偶然；也是因为这"盲目"，他们比大都市里的小商人较少些颓废的气分，而成为"乐观"。

而这"乐观"又是迷信的，拜物教的。叫做"吉兄"的三十多岁的小商人就时常流露了这样的"乐观"。他安慰他的常常苦着脸的同伴说：

"陶家泾落来，扎了两万多兵呢！东洋兵路勿熟，包管冲勿过来。你看，到处装好军用电话，东洋兵有点动静，答答地方全晓得，东洋兵想偷营也勿会成功的。"

他很卖弄似的用手指着徐徐往后退的岸上的桑园。这里的矮桑树尚只有极小的嫩芽，矮而粗的树干上挂着深绿色的军用电话线。（后来我知道这里几条毫不打紧的军用电话线很使附近乡镇中的土财主慌张了，以为这就是划成军事区域，他们带着大箱小笼就逃难。）

五十多岁的绸缎店经理点头表示同意了。但他立即很不放心似的看着他们的同伴们提出一个问题来：

"外国调查员讲得拢喂？顶好是讲讲拢，勿要再打。"

没有回答。似乎西洋鬼子毕竟和东洋矮子有点不同，而自信是对于东洋矮子的"鬼心思"颇能灼见而大放议论的瘦长子老乡碰到关于西洋鬼子的事，也失了把握，不敢妄赞一辞了。他很无聊地举起茶来喝。

我忍不住加入了一句问话：

"再打下去怎样呢？"

大家都愕然转眼对我看，仿佛猛不防竟听得一个哑子忽然说起话来。并且他们的眼睛里又闪着怀疑的光彩。我看出这些眼睛仿佛在那里互相询问：他不是什么党部里的人罢？但幸而我的口音里还带着多少成分的乡音，他们立即猜度我大概是故乡的一大批"在外头吃饭"的人们之一，所以随即放宽了心了。问过我的"贵姓"以后，他们又立即知道我是某家的人，"说起来都是相熟的"。

他们反倒先谈起我老家里的事，举出了许多我所不太记得的本家，亲戚，以及"世交"的人名来。这些，我也乐于倾听，但我到底觑机会又回到我原来的问话：

"照各位看来，是再打好呢，还是不要打？"

绸缎店经理叹了一口气，惟恐被人听了去似的低声回答：

"论理呢，一定要打。不过我们做生意人日子难过：上海开了火，钱庄就不通，帐头又收不起，生意上的活路断得干干净净了；近年来捐税忒重，生意本来难做，乡下人穷，乡庄生意老早走光；现在省里又要抽国难捐，照旧捐加二成，听说就是充做打仗的军饷，你想，不曾开火，先来做生意人头上抽捐了！"

"抽捐去真和东洋人开仗，倒还呒啥，就恐怕捐是抽了，仗又勿打。"

光头的老乡赶快接口说，鼻子里哼了一声。

三十多岁的瘦长条子却所见不同。他很有把握地说：

"一定要打！伊拉勿抵桩打东洋人，调啥格兵！"

我忍不住又微笑了。我觉得这位"蒙在鼓里"的主战热者未免太可怜了。不问他们是信也罢，不信也罢，我不能不打开天窗说亮话：

"老百姓尽管一腔热血主张打，那结果是一定不再打了。老百姓要的事，恰就是当局所勿要。现在的事情就是这么着。"

"那么，陶家泾扎下两万兵，拉伕，捉船，乡下人逃光，地方上当差使，小小一个镇，要分摊到千把只洋，真是活见鬼罗！"

瘦长子表示了稀有的兴奋，一口气说出来了。我正想回答，忽然那位四十多岁的光头同乡又节外生枝地插进一句话：

"造伊拉格娘！嘉兴到苏州一路扎的兵越多，小火轮倒是三日两头抢！——新近出一桩三十万的大抢案，抢是抢了，失主还不敢报官，你想想！"

"就是伊拉自家做的呀！"

瘦长子做一个鬼脸，很轻声地接口说。我明白这是指的什么，记得俗语有所谓"虫吃虫"，正就是那件大抢案的注脚。我笑了一笑，又回到老题上：

"要抽国难捐么？兵队调动就不过告诉老百姓有国难，要抽国难捐！"

"生意是越弄越难做了！"

三位老乡同声说，脸上都是异常失望。

船上的茶房来收茶壶了。他回答一个旅客的询问：

"茶亭到哩！造伊拉，到双林要在半夜里罗。"

这时天已经黑了，我望望外边，看见不远的前面有黑簇簇的房屋和几点灯光。我一眼就认出这是故乡到了。虽然相隔已有十年之久，但眼前的故乡还是和我记忆中十年前的故乡没有什么两样。

"大概能够分别出这确是一九三二年的家乡的特点，也只是多一些剪发旗袍的女郎罢？"

我望着渐近的房屋，心里这样想。但后来我知道我这论断有一半是对的，又一半却不尽然。一九三二年的中国乡镇无论如何不可与从前等量齐观了。农村经济的加速度崩溃，一定要在"剪发旗袍的女郎"之外使这市镇涂染了新的时代的记号。

而最最表面的现象是这市镇的"繁荣"竟意外地较前时差得多了。当我们的"无锡快"终于靠了埠头，我跳上了那木"帮岸"，混入了一群看热闹以及接客的"市民"中间的时候，我就直感到只从一般人的服装上看，大不如十年前那样整洁了。记得十年前是除了叫花子以外就不大看见衣衫褴褛的市民，但现在却是太多了。

街道上比前不同的，只是在我记忆中的几家大铺子都没有了，——即使尚在，亦是意料外的潦倒。女郎的打扮很模拟上海的"新装"，可是在她们身上，人造丝织品已经驱逐了苏缎杭纺。农村经济破产的黑影重压着这个曾经繁荣的市镇了！

第三　半个月的印象

天气骤然很暖和，简直可以穿"夹"。乡下人感谢了天公的美意，看看米瓮里只剩得几粒，不够一餐粥，就赶快脱下了身上的棉衣，往当铺里送。

在我的故乡，本来有四个当铺；他们的主顾最大多数是乡下人。但现在只剩了一家当铺了。其余的三家，都因连年的营业连"官利都打不到"，就乘着大前年太保阿书部下抢劫了一回的借口，相继关了门了。仅存的一家，本也"无意营业"，但因那东家素来"乐善好施"，加以省里的民政厅长（据说）曾经和他商量"维持农民生计"，所以竟巍然独存。然而今年的情形也只等于"半关门"了。

这就是一幅速写：

早晨七点钟，街上还是冷清清的时候，那当铺前早已挤满了乡下人，等候开门。这伙人中间，有许多是天还没亮足，就守候在那里了。他们并没有什么值钱的东西。身上刚剥下来的棉衣，或者预备秋天嫁女儿的几丈土布，再不然——那是绝无仅有的了，去年直到今年卖来卖去总是太亏本因而留下来的半车丝。他们带着的这些东西，已经是他们财产的全部了，不是因为锅里等着米去煮饭，他们未必就肯送进当铺，永远不能再见面。（他们当了以后永远不能取赎，也许就是当铺营业没有利益的一个原因罢？）好容易等到九点钟光景，当铺开门营业了，这一队在饥饿线上挣扎的人们就拼命地挤轧。当铺到十二点钟就要"停当"，而且即使还没到十二点钟，却已当满了一百二十块钱，那也就要"停当"的；等候当了钱去买米吃的乡下人，因此不能不拼命挤上前。

挤了上去，抖抖索索地接了钱又挤出来的人们就坐在沿街的石阶上喘气，苦着脸。是"运气好"，当得了钱了；然而看着手里的钱，不知是去买什么好。米是顶要紧，然而油也没有了，盐也没有了；盐是不能少的，可是那些黑滋滋像黄沙一样的盐却得五百多钱一斤，比生活程度最高的上海还要贵些。这是"官"盐；乡村里有时也会到贩私盐的小船，那就卖一块钱五斤，还是二十四两的大秤。可是缉私营利害，乡下人这种吃便宜盐的运气，一年内碰不到一两回的。

看了一会儿手里的钱，于是都叹气了。我听得了这样的对话在那些可怜的焦黄脸中间往来：

"四丈布罢！买棉纱就花了三块光景；当当布，只得两块钱！"

"再多些也只当得两块钱。——两块钱封关！"

"阿土的爷那半车丝，也只喝了两块钱；他们还说不要。"

不要丝呵！把蚕丝看成第二生命的我们家乡的农民做梦也没有想到他们这第二生命已经进了鬼门关！他们不知道上海银钱业都对着受抵的大批陈丝陈茧皱眉头，是说

"受累不堪"！他们更不知道此次上海的战争更使那些搁浅了的中国丝厂无从通融款项来开车或收买新茧！他们尤其不知道日本丝在纽约抛售，每包合关平银五百两都不到，而据说中国丝成本少算亦在一千两左右呵！

这一切，他们辛苦饲蚕，把蚕看作比儿子还宝贝的乡下人是不会知道的，他们只知道祖宗以来他们一年的生活费靠着上半年的丝茧和下半年田里的收成；他们只见镇上人穿着亮晃晃的什么"中山绉"，"明华葛"，他们却不知道这些何尝是用他们辛苦饲养的蚕丝，反是用了外国的人造丝或者是比中国丝廉价的日本丝呀！

遍布于我的故乡四周围，仿佛五步一岗，十步一哨的那些茧厂，此刻虽然是因为借驻了兵，没有准备开秤收茧的样子，可是将要永远这样冷关着，不问乡下人卖茧子的梦是做得多么好！

但是我看见这些苦着脸坐在沿街石阶上的乡下人还空托了十足的希望在一个月后的"头蚕"。他们眼前是吃尽当完，差不多吃了早粥就没有夜饭，——如果隔年还省下得二三个南瓜，也就算作一顿，是这样的挣扎，然而他们饿里梦里决不会忘记怎样转弯设法，求"中"求"保"，借这么一二十块钱来作为一个月后的"蚕本"的！他们看着那将近"收蚁"的黑霉霉的"蚕种"，看着桑园里那"桑拳"

上一撮一丛绿油油的嫩叶，他们觉得这些就是大洋钱，小角子，铜板；他们会从心窝里漾上一丝笑意来。

我们家有一位常来的"丫姑老爷"，——那女人从前是我的祖母身边的丫头，我想来应该尊他为"丫姑老爷"庶几合式，就是怀着此种希望的。他算是乡下人中间境况较好的了，他是一个向来小康的自耕农，有六七亩稻田和靠二十担的"叶"。他的祖父手里，据说还要"好"；帐簿有一叠。他本人又是非常勤俭，不喝酒，不吸烟，连小茶馆也不上。他使用他的田地不让那田地有半个月的空闲。我们家那"丫小姐"，也委实精明能干，粗细都来得。凭这么一对儿，照理该可以兴家立业的了；然而不然，近年来也拖了债了。可不算多，大大小小百十来块罢？他希望在今年的"头蚕"里可以还清这百十来块的债。他向我的婶娘"掇转"二三十元，预备趁这时桑叶还不贵，添买几担叶。（我们那里称这样的"期货叶"为"赊叶"，不过我不大明白是否这个"赊"字。）我觉得他这"希望"是筑在沙滩上的，我劝他还不如待价而沽他自己的二十来担叶，不要自己养蚕。我把养蚕的"危险"的原因都说给他听了，可是他沉默了半晌后，摇着头说道：

"少爷！不养蚕也没有法子想。卖叶呵，二十担叶有四十块卖算是顶好了。一担茧子的'叶本'总要二十担叶，可是去年茧子价钱卖到五十块一担。只要蚕好！到新米收起来，还有半年；我们乡下人去年的米能够吃到立夏边，算是难得的了，不养蚕，下半年吃什么？"

"可是今年茧子价钱不会像去年那样好了！"

我用了确定的语气告诉他。

于是这个老实人不作声了，用他的细眼睛看看我的面孔，又看看地下。

"你是自己的田，去年这里四乡收成也还好，怎么你就只够吃到立夏边呢？而且你又新背了几十块钱债？"

我转换了谈话的题目了。可是我这话刚出口，这老实人的脸色就更加难看，——我猜想他几乎要哭出来。他叹了口气说：

"有是应该还有几担，我早已当了。镇里东西样样都贵了，乡下人田地里种出来的东西却贵不起来，完粮呢，去年又比前年贵，——一年一年加上去。零零碎碎又有许多捐，我是记不清了。我们是拼命省，去年阿大的娘生了个把月病，拼着没有看郎中吃药，——这么着，总算不过欠了几十洋钿新债。今年蚕再不好，那就——"

他顿住了，在养蚕这一项上，乡下人的迷信特别厉害，凡是和蚕有关系的不吉利字面，甚至同音字，他们都忌讳出口的。

我们的谈话就此断了。我给这位"丫姑老爷"算一算，觉得他的自耕农地位未必能够再保持两三年。可是他在村坊里算是最"过得去"的。人家都用了羡妒的眼光望着他：第一，因为他不过欠下百十来块钱债，第二，他的债都是向镇上熟人那里"掇转"来，所以并没花利息。在这一点上，不能不说这位聪明的"丫姑老爷"深懂得"理财"方法，便做一个财政总长好像也干得下：他仗着镇上有几个还能够过得去的熟人，就总是这里那里十元二十元地"掇"，他的期限不长，至多三个月，"掇"了甲的钱去还乙，又"掇"了丙的钱去还甲，这样用了"十个缸九个盖"的方法，他不会到期拖欠，他就能够"掇"而不走付利息的"借"那一条路了；可是他的开支却不能不一天一天大，他的进项却没法增加，所以他的债终于也是一年多似一年。他是在慢性地走上破产！也就是聪明的勤俭的小康的自耕农的无可避免的命运了！

后来我听说他的蚕也不好，又加以茧价太贱，他只好自己缫丝了，但是把丝去卖，那就简直没有人要；他拿到当铺里，也不要，结果他算是拿丝进去换出了去年当在那里的米，他赔了利息，可是这掉换的标准是一车丝换出六斗米，照市价还不到六块钱！

东南富饶之区的乡下人生命线的蚕丝，现在是整个儿断了！

然而乡下人间接的负担又在那里一项一项地新加出来。上海虽然已经"停战"，可是为的要"长期抵抗"，向一般小商人征收的"国难捐"就来了。照告示上看，这"国难捐"是各项捐税照加二成，六个月为期。有一个小商人谈起这件事，就哭丧着脸说：

"市面已经冷落得很。小小镇头，旧年年底就倒闭了二十多家铺子。现在又加上这国难捐，我们只好不做生意。"

"国难！要是上海还在那里打仗，这捐也还有个名目！"

又一个人说：我认识这个人，是杂货店的老板。他这铺子，据我所知，至少也有三十年的历史；可是三十年来从他的父亲到他手里，这铺子始终是不死不活，若有若无。现在他本人是老板，他的老婆和母亲就是店员；——不，应该说他之所以名为老板，无非因为他是一家中惟一的男子，他并不招呼店里的事情，而且实在亦无须他招呼；他每天的生活就是到处跑，把镇上的"新闻"或是轮船埠上客人从外埠带来的新闻，或是长途电话局里所得的外埠新闻，广播台似的告诉他所有的相识者，——他是镇上义务的活动"两脚新闻报"。此外，他还要替几个朋友人家帮衬婚丧素事，甚至于日常家务。他就是这么一位身子空，心肠热的年青人。每天他的表情最严肃的时候，是靠在别家铺子的柜台上借看那隔天的上海报纸。

当时我听了他那句话，我就想到他这匆忙而特别的生活与脾气，我忍不住心里这么想：要是他放在上海，又碰着适当的环境，那他怕不是鼎鼎大名交际博士黄警顽[①]第二！

"能够只收六个月，也就罢了；凶在六个月期满后一定还要延期！"

原先说话的那位小商人表示了让步似的又加这一句。我就问道：

"可是告示上明明说只收六个月？"

"不错，六个月！期限满了以后，我们商会就捏住这句话可以不付。可是他们也有新法子；再来一个新名目，——譬如说'省难捐'罢，反正我们的'难'天天有，再多收六个月的二成！捐加了上去，总不会减的，一向如此！"

那小商人又愤愤地说。他是已经过了中年还算过得去的商人，六个月的附捐二成，在他还可以忍痛应付，他的

---

① 黄警顽（1894—1979），出版人。曾在上海商务印书馆发行所做服务工作，有"交际博士"之称。

愤愤和悲痛是这附捐将要永远附加。我们那位"两脚新闻报"却始终在那里哗然争论这"国难捐"没有名目。他对我说：

"你说是不是：已经不打东洋人了，还要来抽捐，那不是太岂有此理？"

"还要打呢！刚才县里来了电话，有一师兵要开来，叫商会里预备三件事：住的地方，困的稻草，吃的东西！"

忽然跑来了一个人插进来说。于是"国难捐"的问题就无形搁置，大家都纷纷议论这一师兵开来干什么。难道要守这镇么？不像！镇虽然是五六万人口的大镇，可是既没有工业，也不是商业要区，更不是军事上形胜之地，日本兵如果要来究竟为的什么？有人猜那一师兵从江西调来，经过湖州，要开到"前线"去，而这里不过是"过路"罢了。这是最"合理"的解释，汹汹然的人心就平静了几分。

然而军队是一两天内就会到的；三件事——住的地方，困的稻草，吃的东西，必须立刻想法。是一师兵呢，不是玩的。住，还有办法，四乡茧厂和寺庙，都可以借一借；困的稻草，有点勉强了；就是"吃"没有办法。供应一万多人的伙食，就算一天罢，也得几千块钱呀！自从甲子年①

---

① 这里指1924年。这年9月至10月，曾发生齐卢战争（或称江浙战争）。

以来，镇上商会办这供应过路军队酒饭的差使，少说也有十次了；没一次不是说"相烦垫借"，然而没一次不是吃过了揩揩嘴巴就开拔，没有方法去讨。向来"过路"的军队，少者一连人，至多不过一团，一两天的酒饭，商店公摊，照例四家当铺三家钱庄是每家一百，其余十元二十元乃至一元两元不等，这样就应付过去了。但现在当铺只剩一个，钱庄也少了一家（新近倒闭了一家），出钱的主儿是少了，兵却多，可怎么办呢？听说商会讨论到半夜，结果是议定垫付后在"国难捐"项下照扣。他们这一次不肯再额外报效了！

到第二天正午，"两脚新闻报"跑来对我说道：

"气死人呢！总当作是开出去帮助十九路军打东洋人，哪里知道反是前线开下来的。前线兵多，东洋人有闲话，停战会议要弄僵，所以都退到内地来了。这不是笑话?"

听说不是开出去打东洋人，我并不觉得诧异；我所十分惊佩的是镇上的小商人办差的手腕居然非常敏捷，譬如那足够万把人困觉的稻草在一夜之间就办好了。到他们没有了这种咄嗟立办的能力时，光景镇上的老百姓也已流徙过半罢？——我这么想。

又过了一个下午又一夜，县里的电话又来：说是那一师人临时转调海宁，不到我们镇上来了。于是大家都松一口气：不来顶好！

却是因为有了这一番事，商会里对于"国难捐"提出了一个小小的交换条件——不是向县里或省里提出，而是向本镇的区长和公安局长。这条件是：年年照例有的"香市"如果禁止，商界就不缴"国难捐"。

"香市"就是阴历三月初一起，十五日为止的土地庙的"庙会"式的临时市场。乡下人都来烧香，祈神赐福，——蚕好，趁便逛一下。在这"香市"中，有各式卖耍货的摊子，各式打拳头变戏法傀儡戏髦儿戏等等；乡下人在此把口袋里的钱花光，就回去准备那辛苦的蚕事了。年年当这"香市"半个月工夫，镇上铺子里的生意也联带热闹。今年为的地方上不太平，所以早就出示禁止，现在商会里却借"国难捐"的题目要求取消禁令，这意思就是：给我们赚几文，我们才能够付捐。换一句话说：我们可生不出钱来，除非在乡下人身上想法。而用"香市"来引诱乡下人多花几文，当然是文明不过的办法。

"香市"举行了，但镇上的商人们还是失望。在饥饿线上挣扎的乡下人再没有闲钱来逛"香市"，他们连日用必需品都只好拼着不用了。

我想：要是今年秋收不好，那么，这镇上的小商人将怎么办哪？他们是时代转变中的不幸者，但他们又是彻头彻尾的封建制度拥护者；虽然他们身受军阀的剥削，钱庄老板的压迫，可是他们惟一的希望就是把身受的剥削都如数转嫁到农民身上。农民是他们的衣食父母。他们盼望农民有钱就像他们盼望自己一样。然而时代的轮子以不可阻挡的力量向前转，乡镇小商人的破产是不能以年计，只能以月计了！

我觉得他们比之农民更其没有出路。

雾中偶记

前两天天气奇寒，似乎天要变了，果然昨夜就刮起了大风来，窗上糊的纸被老鼠钻成一个洞，呜呜地吹起哨子，——像是什么呢？我说不出。从破洞里来的风，特别尖利，坐在那里觉得格外冷，想拿一张报纸去堵住，忽然看见爱伦堡那篇"报告"——《巴黎沦陷的前后》，便想起白天在报上看见说，巴黎的老百姓正在受冻挨饿，情形是十分严重的话。

这使我顿然记起，现在是正当所谓"三九"，北方不知冷得怎样了，还穿着单衣的战士们大概正在风雪中和敌人搏斗，便是江南罢，该也有霜有冰乃至有雪。在广大的国土上，受冻挨饿的老百姓，没有棉衣吃黑豆的战士，那种英勇和悲壮，到底我们知道了几分之几？中华民族是在咆哮了，然而中国似乎依然是"无声的中国"——从某一方面看。

不过这里重庆是"温暖"的，不见枯草，芭蕉还是那样绿，而且绿得太惨！

而且是在雾季，被人"祝福"的雾是会迷蒙了一切，美的，丑的，荒淫无耻的，以及严肃的工作。……在雾季，重庆是活跃的，因为轰炸的威胁少了，是活动的万花筒：奸商、小偷、大盗、汉奸、狞笑、恶眼、悲愤、无耻、奇冤，一切，而且还有沉默。

原名《鞭》的五幕剧，以《雾重庆》的名称在雾重庆上演；想起这改题的名字似乎本来打算和《夜上海》凑成一副对联，总觉得带点生意眼，然而现在看来，"雾重庆"这三个字，当真不坏。尤其在今年！可歌可泣的事太多了。不过作者当初如果也跟我现在那样的想法，大概这五幕剧的题材会全然改观罢？我是觉得《鞭》之内容是包括不了雾重庆的。

剧中那位诗人，最初引起了我的回忆，——他像一个朋友：不是身世太像，而是容貌上有几分，说话的神气有几分。到底像谁呢？说不上来。但是今天在一件事的议论纷纷之余，我陡然记起了，呀，有点像他，再细想，似乎不像的多。不过这位朋友的声音笑貌却缠住了我的回忆。我不知他现在在哪里？平安不？一个月前是知道的，不过，今天，鬼晓得，罪恶的黑手有时而且时时会攫去我们的善良的人的。我又不知道和他在一处的另外几个朋友现在又在哪里了，也平安不？

于是我又想起了鲁迅先生。在《为了忘却的记念》中，鲁迅先生说过那样意思的话：血的淤积，青年的血，使他窒息，于无奈何之际，他从血的淤积中挖一个小孔，喘一口气。这几年来，青年的血太多了，敌人给流的，自己给流的；我们兴奋，为了光荣的血，但也窒息，为了不光荣的没有代价的血。而且给喘一口气的小孔也几乎挖不出。

回忆有时是残忍的，健忘有时是一宗法宝。有一位历史家批评最后的蒲尔朋王朝说：他们什么也没有忘记，但什么也没有学得。为了学得，回忆有时是必要，健忘有时是不该。没有出息的人永远不会学得教训，然而历史是无情的。中华民族解放的斗争，不可免地将是长期而矛盾而且残酷，但历史还是依照它的法则向前。最后胜利一定要来，而且是我们的。让理性上前，让民族利益高于一切，让死难的人们灵魂得到安息。舞台在暗转，袁慕容的戏快完，家棣一定要上台，而且林卷妤的出走的去向，终究会有下落。

据说今后六十日至九十日，将是最严重的时期（美国陆长斯汀生之言）；希特勒的春季攻势，敌人的南进，都将于此时期内爆发罢？而且那雾季不也完了么？但是敌人南进，同时也不会放松对我们的攻势的！幻想家们呵，不要打如意算盘！被敌人的烟幕迷糊了心窍的人们也该清醒一下，事情不会那么简单。

夜是很深了罢？你看鼠子这样猖獗，竟在你面前公然踱方步。我开窗透点新鲜空气，茫茫一片，雾是更加浓了罢？已经不辨皂白。然而不一定坏。浓雾之后，朗天化日也跟着来。祝福可敬的朋友们，血不会是永远没有代价的！民族解放的斗争，不达目的不止，还有成千成万的战士们还没有死呢！

1941年2月16日夜

狂欢的解剖

从前欧洲中世纪的"黑暗时代"，十三世纪那时候，有些青年人——大都是那时候几个新兴商业都市新设的大学校的学生，是很会寻快乐的。流传到现在，有一本《放浪者的歌》，算得是"黑暗时代"这班狂欢者的写真。

《放浪者的歌》里收有一篇题为《于是我们快乐了》的长歌，开头几句是这样的：

且生活着罢，快活地生活着，
当我们还是年青的时候；
一旦青春成了过去，而且
潦倒的暮年也走到尽头，

那我们就要长眠在黄土荒丘！

朋友，也许你要问：这班生在"黑暗时代"的年青人有什么可以快乐的？他们寻快乐的对象又是什么呢？这个，哦，说来也好像很不高明，他们那时原没有什么可以快乐的，不过他们觉得犯不着不快乐，于是他们就快乐了，他们的快乐的对象就是美的肉体（现世的象征），——比之"红玫瑰是太红而白玫瑰又太白"的面孔，"闪闪地笑着……亮着"像黑夜的明星似的眼睛，"迷人的酥胸"，"胜过珊瑚梗的朱唇"。

一句话，他们什么也不顾，狂热地要求享有现实世界的美丽。然而他们不是颓废。他们跟他们以前的罗马人的纵乐，所谓罗马人的颓废，本质上是不同的；他们跟他们以后的十九世纪末年的要求强烈刺激，所谓世纪末的颓废，出发点也是完全不同的。他们的要求享乐现世，是当时束缚麻醉人心的基督教"出世"思想的反动，他们唾弃了什么未来的天堂，——渺茫无稽的身后的"幸福"，他们只要求生活得舒服些，像一个人应该有的舒服生活下去。他们很知道，当他们的眼光只望着"未来的天堂"的时候，那几千个封建诸侯把这世界弄得简直不像人住的。如果有什么"地狱"的话，这"现世"就是！他们不稀罕死后的

"天堂"，他们却渴求消灭这"现世"的活地狱；他们的寻求快乐是站在这样一个积极的出发点上的。

他们的"放浪的歌"是"心的觉醒"。而这"心的觉醒"也不是凭空掉下来的。他们是趁了十字军过后商业活动的涨潮起来的"暴发户"，他们看得清楚，他们已经是一些商业都市里的主人公，而且应该是唯一的主人公。他们这种"自信"，这种"有前途"的自觉，就使得他们的要求快乐跟罗马帝国衰落时代的有钱人的纵乐完全不同，那时罗马的有钱人感得大难将到而又无可挽救，于是"今日有酒今日醉"了；他们也和十九世纪的"世纪末的颓废"完全不同，十九世纪末的"颓废"跟"罗马人的颓废"倒有几分相似。

所谓"狂欢"也者，于是也有性质不同的两种：向上的健康的有自信的朝气蓬勃的作乐，以及没落的没有前途的"今日有酒今日醉"的纵乐。前者是"暴发户"的意识，后者是"破落户"的心情。

这后一意味的"狂欢"我们也在"世界危机"前夜的今年新年里看到了。据路透社的电讯，今年欧美各国的"庆祝新年"的热烈比往年"进步"得多。华盛顿、纽约、罗马、巴黎这些大都市，半夜里各教堂的钟一齐响，各工厂的汽笛一齐叫，报告一九三五年"开幕"了；几千万的人在这些大都市的街上来往，香槟酒突然增加了消耗的数量，……真所谓满世界"太平景象"。然而同时路透社的电讯却又报告了日本通告废除《华盛顿海军条约》，美国也通过了扩充军备的预算，二次世界大战的"闹场锣鼓"是愈打愈急了。在两边电讯的对照下，我们明明看见了"今日有酒今日醉"那种心情支配着"今日"还能买"酒"的人们在新年狂欢一下。

我记起阳历除夕"百乐门"的情形来了。约莫是十二时半罢，忽然音乐停止，跳舞的人们都一下站住，全场的电灯一下都熄灭，全场是一片黑，一片肃静，一分钟，二分钟，突然一抹红光，巨大的"1935"四个电光字！满场的掌声和欢呼雷一样地震动，于是电灯又统统亮了，音乐增加了疯狂，人们的跳舞欢笑也增加了疯狂。我也被这"狂欢"的空气噎住了，然而我听去那喇叭的声音，那混杂的笑声，宛然是哭，是不辨哭笑的神经失了主宰的号啕！

我又记起废历年的前后来了。这一个"年关"比往年困难得多，半个月里倒闭的商店有几十，除夕上一天，又倒闭了两家大钱庄，可是"狂欢"的气势也比往年"浓厚"得多。下午二点钟，几乎所有的旅馆全告了客满。并不是上海忽然多了大批的旅客，原来是上海人开了房间作乐。除夕下午市场上突然流行的谣言——日本海军陆战队要求保安队缴械的消息，似乎也不能阻止一般市民疯狂地寻求快乐；不，也许因此他们更需要发狂地乐一下。影戏院有半夜十二时的加映一场，有新年五日内每日上午的加映一场，然而还嫌座位太少。似乎全市的人只要袋里还有几个钱娱乐的，哪怕是他背上有千斤的债，都出动来寻强烈刺激的快乐。在他们脸上的笑纹中（这纹，在没有强笑的时候就分明是愁纹，是哭纹），我分明读出了这样的意思："今天不知明天事，有快乐能享的时候，且享一下罢，因为明天你也许死了！"

而这种"有一天，乐一天"的心理并不限于大都市的上海呵！废历新年初六以后的报纸一边登着各地的年关难过的恐慌，一边也就报告了"新年热闹"胜过了往年。"越穷是越不知道省俭呵！"这样慨叹着。不错，从不穷而到穷，明明看见没有前途的"破落户"，是不会"省俭"的，他们是"得过且过"；现在还没"穷"，然而恐怖着"明天"的"不可知"的人们，也是不肯"省俭"的，他们是"有一天，乐一天"！例外的只有生来就穷的人，饿肚子的人，他们跟发疯的"狂欢"生不出关系。

我又记起废历元旦瞥见的一幕了。那是在"一·二八"火烧了的废墟上，一队短衣的人们拿着钢叉、关刀、红缨枪，带一个彩绘的布狮子。他们不是卖艺的，他们是什么国术团的团员，有一面旗子。我看见他们一边走，一边舞他们的布狮子，一边兴高采烈地笑着叫着。我觉得他们的笑是"除夕"晚上以及"元旦"这一日我所听到的无数笑声中唯一的例外。他们的，没有"今日有酒今日醉"的音调，然而他们的笑，不知怎地，我听了总觉得多少是原始的、蒙昧的，正像他们肩上闪闪发光的钢叉和关刀！

　　"今日有酒今日醉"的"狂欢"，时时处处在演着，不过时逢"佳节"更加表现得尖锐罢了。我好像听见这不辨悲喜的疯狂的笑，从伦敦，从纽约，从巴黎、柏林、罗马，也从东京，从大阪，……我好像看见他们看着自己的坟墓在笑。然而我也听得还有另一种健康的有自信心的朝气的笑，也从世界的各处在震荡；我又知道这不是为了"现世"的享乐而笑，这是为了比《放浪者的歌》更高的理想，因为现在到底不是"中世纪"了。

1935年2月20日

"现代化"的话

　　朋友，假如你不厌烦嚣，喜欢出来走走的话，有几处地方你不可不看。

　　上海的"东头"，杨树浦那一带，你喜欢么？想来你一定喜欢的！那边有许多纱厂，——中国轻工业的要塞。没有熟人，你只好望那些巍峨的厂门而兴叹。想来你总可以找到一个熟人罢？那么，中国棉纱大王的领土就许你进去了。可是得先关照你：你要忍耐，因为有几分钟的不舒服。因为那边的空气里全是棉花的纤维，大一点像鹅毛样的飞絮有时竟会一片一片扑到你脸上身上，粘住了不肯去；是的，那边的空气浓厚些，你一下里会觉得闷，怪胀似的。但是不过几分钟罢了，你立刻会惯。并且想来你一念及每天十二小时在那样空气中作工的，也和你一样是人，你自然会仰脸行一次深呼吸，一点也不觉得什么了。

你将被引进了弹松"花衣"的工场。许多黝黑晶亮，蹲着的巨人似的机器，伸长了粗胳膊——直径二尺的粗铁管，就同手携手似的组成了工作的一列。它们从下面的帘形滚板上（那你就说是"嘴"罢，为的那许多木条构成的滚板实在太像了牙齿），吞进了压得紧紧的"花衣"，于是通过了它们的肚子，消化——唔，该说是扯松罢，于是又通过了它们的胳膊，送到另一位"巨人"的肚子里。这也干的同样工作——扯松，但一定是高级的工作，因为后来就看见它的一个斗形嘴巴里吐出那些"花衣"来了，那已经松松的，一看就叫你感得软绵绵，而且颜色也同雪一样白。

这些扯松了的"花衣"像雪块似的落下来，落进一个地洞去了。朋友，也许你当真认是一个洞罢？然而不然。洞是洞，不过洞下又是黑铁管的粗胳膊，"花衣"从这胳膊又运到另一个"巨人"的肚子里了。你要看个究竟，你得走到下层的机器间。

说来也许你不肯相信，下层机器间里的"巨人"们就好像专同上层机器间里的伙伴"憋气"似的。好好儿弹得又松又白的"花衣"到它们肚子里不知道怎样一来，就从它们屁股里拉下，早又压得紧紧的，而且变成了一张毡似的，卷在一根铁棒上。它们的扁屁股眼儿只管拉，拉，那铁棒只管卷，卷，到后来就像大筒的卷筒纸似的肥得很了，于是走来了一位工人，截断了那拉不完的"扁屎"，就那么连铁棒抱起来，搁到磅秤上过磅。

这时你的"熟人"也许会告诉你，这是"花衣"变成棉纱的第一步手续（严格说，就是第二步），以后就要将这些卷筒纸样的棉毡拉成"棉条"了。

专拉"棉条"的钢巨人可就没有粗胳膊，个儿也小些，它们不很吵闹。那卷筒形的棉毡装在上面，慢慢地展开来，就同卷筒纸在印刷机上相仿；可是这专拉"棉条"的钢巨人有一把大钢梳，把那棉毡一梳一梳地又弄碎了，弄碎了就经过它们的肚子，消化做浓雾似的喷出来；——朋友，请你想象我用的这个"雾"字，你用什么字好呢？实在可说是棉的瀑布，可是没有瀑布那样势头和厚实，那是稀薄的松松的，恰像雾，——然后这"雾"又经过了或者被吸进了一个巧妙的部分，变做了手指那么粗的又白又嫩的"棉条"。这也是自动地拉出来，自动地装进了一个红漆的长圆铁筒。

以后，这些"棉条"尚须经过又一组的机器（那是小得多，看样子就觉得它们是前面所说的那班钢巨人的少爷），六根并一根，抽成了较细然而较结实的一种"棉条"。于是再经过了吵闹得很利害的"小姐"式的一组机器，纺成了"粗纱"，——这有普通麻绳那么粗。由粗纱再纺成细纱。担任这一工作的机器，是十足的摩登小姐式了，顶会吵闹。它们一列车有四百个锭子；这些小家伙本来声音不大，可是它们成千成万打伙儿闹起来，那声音就可怕，你对面谈话，喊破了喉咙也听不见。粗纱间和细纱间里要许多女工伺候着；她们是整天没得坐的。她们要"接纱头"，她们要把"罗拉"上的棉絮拭去，她们管理锭子。前面说过的钢巨人却只要很少的几个人伺候，而且大都是男工。

朋友，也许你早就在什么洋行的样子间大玻璃窗前看见过那些成排地静静地站着的纺车罢，这都是供给我们中国人来开发中国，建设中国的。并且如果你到纱厂里看过，走出厂门来松一口气的时候，也许就幻想到中国是已经走上了资本主义的路而且民族资本主义已经确立，——至少像印度似的。

一句话来包括你的感想，朋友，你是相信中国是在步步地"现代化"！

不错呀！十年前的上海和现在很不相同。现在上海被大烟囱包围着。假使你从上海的"东头"转到"西头"，你就看见曹家渡一带也是纱厂林立，不过那是日本人的资本罢了。你再到南市，到闸北，到浦东，你到处看见大烟囱了。尤其是闸北，大大小小的丝厂和大大小小的各部门的工业，例如电料，洋伞，热水瓶，橡胶，搪瓷，几乎可说色色俱全，就像乡下的"露天茅坑"一样，到处可见。你进了南京路的国货商场，就觉得日用品都有"国产"的了。呵，呵，中国是在步步地"现代化"呵！

不错，中国在一步一步"现代化"，或是"工业化"，我也可以相信的；因为不但中国人自家开工厂，外国人也来开，拿纱厂来说罢，全中国共有纱厂一百二十八家，去年开工纱锭四百四十九万三千三百余枚，比前年增加了二十六万五千余枚；在这总数中，属于中国资本家的纱锭，计二百五十二万三千三百余枚，比前年增加了十四万一千七百多枚，属于日本资本家的，却也有一百七十八万七千余枚，比前年也增加了十万多枚。然而出品呢，去年中国纱厂对日商纱厂只成了一百四十二万七千包对八十万五千包之比！再讲到原料呢，朋友，你的"熟人"自会告诉你，灵宝花衣怎样不行，只能揪用，因此他们是仰给于美棉的！新近成立的五千万美金大借款，据说就是专购美国的棉麦，救济中国的纺织工业的。这也可见中国将更被"开发"，而且是"利用"了外资！

但是朋友，咱们是不"谈"政治的，咱们仍旧讲讲

"上海景致"罢。要是你觉得看了大烟囱还不够，我劝你上三马路，北京路，宁波路，还有外滩；那边是中国的金融枢纽。你踱进了中央、中国或是交通，——这三家人银行，也许你会看到一件事觉得奇怪，那就是在一处的铜栏杆后面有些办事人老拿着一叠小小的不过半寸或寸把长的花纸片很快地数着数着。你一定惊赞他们手法的纯熟。而且你也许会看见（要是在月底）铜栏杆外挤着人手，又都是拿了那些小小的花纸片，一束或者竟是一厚叠。朋友，这些小小的花纸片就是公债库券的息票或本息票，因为政府发行的公债库券已经有十一万万了。朋友，也许你因此会想到中国国民的储蓄能力毕竟不弱罢？那么，你最好再去观光一次上海的公债市场，在那边，每天成交在千万以上；满脸流汗的投机者，总在"百万翁"和"穷光蛋"这两者之间翻筋斗。在那边，"做交易"的冲锋似的呐喊，"空头"的大胆，"多头"的魄力，操纵的奇妙，都叫乡下土财主瞪大了眼睛莫明其妙。内地的金钱逃到上海来了，而在现代式的操纵下，不知道有多少乡下土财主压得粉碎，于是逃到上海来的金钱又这样"集中"在少数人的手里了。不用说，资金集中，"财阀"造成，也是中国的"现代化"的征象！

朋友，你喜欢乐一下么？那就有现代化的各种娱乐随

110

你去挑选。你要是爱细腰粉腿，就有跳舞场。或是你只要看看电影，好呀，大大小小的电影院都有！新开幕的大光明，据说是东亚第一的现代化。现代式的建筑，现代式的装潢；一百多尺的灯塔，远远地就领导你的路向；三个喷水泉喷射五色的花雨；最新科学发明的冷气和热气的装置，最新式的发音机，没有回声的软砖，二千个舒服的座位；而且开映的将是最近欧美现代生活的影片。

并且请你千万不要忘记大光明左近就有建筑中的二十二层的四行储蓄会大厦。这是上海建筑现代化的代表。

所以谁说中国没有"进步"，不是盲目，就是丧心病狂。

朋友，再说内地农村罢。现在大家都嚷着农村经济破产。但是破产尽管破产，现代化仍是步步地在进行呀！这个，你不到农村去看，也可以知道。这几年来，公路建成了不少，乡下人也有眼福看见汽车了；跟着交通的发达，向来闭塞，洋货和钞票不大进得去的地方也就流通无阻了；生活程度也慢慢跟着高了；生活程度高，又是"现代化"的显著征象。还有，跟着交通的发达，大都市里的时髦风气也很快地灌进内地去了；剪发，长旗袍，女大衣，廉价的人造丝织品，国产电影，一齐都来了。都市和乡镇现在正起了交流作用，乡镇的金钱流到都市，而都市的"现代"

风气的装饰和娱乐流到乡镇。然而我的朋友，最好你到农村里住上几个月。那时你就知道农村之急速地"现代化"，竟出乎你的意料。譬如从前乡下人的劳力还可以就地零碎出卖：大地主收了几百石的租米，需要很多短工来打白，现在则机器碾米厂到处有的是，工作又快，工钱又便宜，乡下人的劳力就没有人请教。从前戽水用人工，逢到大水年成，乡下人自己收成无望，也还可以出卖劳力给大地主，混他个把月的食粮，现在则"洋水车"把他们排除了。这些还都不算什么。最重要的，资本主义经营的大农场也在有些地方出现了！从前高利贷者的兼并土地还不过是"蚕食"，现在农村资本主义的手腕则是"鲸吞"了。从前乡下人就怕年成不好，现在则年成好了更恐慌，这加速了农村的土地集中，而土地集中就是最显著的农村"现代化"。

所以，朋友，我再说一句：谁以为中国没有"进步"，不是盲目，就是丧心病狂！

归途杂拾

一　九龙道上

　　旅客们游玩九龙，好像有一个公式：九龙城，宋皇台，这是最先去的地方。倒不是因为这两处是古迹，而是因为最近中国已在反抗日本帝国主义的侵略；游这两处，表示游玩之中不忘爱国。所谓九龙城，其实是小山顶上的一个寨，周围不过三四里，城内除了几排破房子便是一片荒地，除了住在破房子里的一两户穷人，根本无所谓居民，可是这一个荒凉的去处却是九龙租界地中间一块中国的国土。整个九龙半岛都租借去了，为什么还保留这几亩的地皮？据说也是有理由的，可是想想总觉得近乎开玩笑。九龙城的城墙倒很整齐，不用说，这已不是原物，香港政府特地花钱修葺过了。有四个城门，其中一个（大概是东门），还有一条广阔整齐的石路，对着城门，有两尊旧式的废炮。这么一个小城，——不，一个城壳子，比上海租界内的天后宫小得多了，而且根本没有居民，当然也无从派用场。不过抗战以后，在香港拍的一部抗战影片到底将这九龙城用了一次。

至于宋皇台，以前香港政府也把它列为名胜之区。这里并没有台，只是一个近海的高坡上有两块光秃秃的大岩石。原也有点奇怪，这两块大岩石一上一下，好像是人工叠起来似的，上面那一块大些，因而石檐之下可容一二人蜷伏。据说南宋的末代皇帝，就在这石檐下住过几宿。但我觉得这一个传说，未必可靠。帝昺当初逃到九龙，似乎还不至于窘迫到栖身在岩石罅中，如果为了躲避蒙古的追兵，则如此光秃秃的石缝，也不是个躲藏的好地方，除非那时这里的地形还不是现在那样一无遮盖，连大树也没有一株。

除这两处以外，沙田是"九龙游玩公式"的第二节目了。沙田山上有一座大庙，也算得名胜之区，也有点儿古气。第三个节目便是坐了汽车跨山沿海直到元朗，这一带路上，因为常常一边是峭壁，一边是海，风景也还不差，这一条翻过几个山头常常傍海而行的公路就是有名的青山道。

日本鬼子占领了香港以后约一星期，就开始"疏散"九龙的居民。这一条青山道上，每天拂晓解严以后就挤满了扶老携幼背着小包袱提着藤筐或洋铁罐等等物件的难民。这是一条人的洪流，从早上解严以后直至日暮戒严为止，这一条洪流滚滚不息，一天之内，总有十来万人这样急急忙忙脱离了这魔窟。

但是这样挤满了人之洪流的青山道上，也还有抢匪：日本兵和临时产生的土强盗。英军撤退九龙的时候，丢失的枪枝为数不少，隔海炮战的十多天内，九龙和新界陷于十足的无政府状态，"烂仔"们将英军遗弃的枪支武装了自己，占领了大路以外的偏僻角落，公然分段而"治"。香港陷落以后，一九四二年正月元旦，"皇军"在德辅道举行所谓"战胜入城典礼"，同时岛上的武装了的"烂仔"们却也在西环占领了一个未完工的防空洞，作为他们的大本营，那时候，岛上的居民头上压着两个主子：白天是日寇，夜间是"烂仔"。可是在九龙和新界，"烂仔"们竟和日寇分"治"了白昼，青山道上，日本哨兵在前一段"检查"潮涌似的难民，"烂仔"们就在后一段施行同样的"检查"。这真是一个拳头大臂膊粗的世界。

荃湾是青山道上一个美丽的小地方，照大路走，这里离元朗约有十多公里。倘走小路，翻过两座相当高的山，穿过无数隐伏在丛莽中的山坳子里的羊肠小道，便抄出了元朗市外，路是近不了多少，而且要翻过那简直不生树木的石山也实在辛苦，但有一利，这里只有一个主子：不是日寇，也不是那些临时乌合的"烂仔"，却是一些略有组织，说一是一，说二是二的"大哥"。港九战争给他们补充了人员，也补充了武器；自动步枪和手提机关枪增添了他们的威武。这一带的"大哥"们有多少，谁也不能说一个确数。港九战争的大风暴带来了一层容易滋生"大哥"们的沃土。十来个人得到了武器的补充，有一个领袖，他就可以成为新的一股。但尽管变化是那样快而且多，不成文法的纪律还是相当严明，"大哥"们分段而治，在他们各自的疆界内保守着一种秩序。山坳子里的小路上他们安置了步哨，"保护"来往的老百姓，并且也征收"通行费"，每人四角港币。

　　扯旗山头飘着太阳旗以后，这些"大哥"们曾经帮助大批"漏网之鱼"逃回祖国的怀抱，他们不但不收"通行费"，还白赔了茶水，白赔了饭食，白赔了挑行李的伏子们的挑费。他们肯这么干，因为他们不愿意不买东江游击队曾大队长的帐，因为他们知道大队长是一个打日本仔的好男儿，因为他们自己也是要打日本仔的好男儿！一九四二年正月九日，天气非常暖和，荃湾躺在青山碧波之间安静得像个太平世界，一群"漏网之鱼"，代表着五六个省，有"肥佬"，有高度的近视眼，有大病后还在拉痢的，有中年妇人，有妙龄女郎，一个个都是青布或蓝布的"唐装"，翻过了荃湾左近的一座高山，投进了山坳子里一个小小的村庄，这是他们第一次进入了一位"大哥"的疆界，可是他们那时都不知道，还以为这是游击队的一个前哨站呢。说是一个小小的村庄，实在只有五六份人家，背了长枪腰间两颗手榴弹的人们，在打谷场上来回踱着，在几株尤加列树下蹲着谈话，大肚的母猪在垃圾堆里找寻食物，一边唔唔地叫，一边用它那长嘴拱着，鸡儿谷谷地呼着同伴，用爪子爬土。小狗们走到生客们脚边嗅了又嗅，然后又没精打采走开了。一切都太像一个游击队所在的地方，而且茶水也准备好，破板凳也拿出来，客人们都坐下来休息，心里想想一天的行程大概到这里就是终点了。

　　然而即便是休息片刻又走，那种猜想还是照旧。在路上又遇见了武装的人，还以为这是来"接应"的，却不知道这是又一位"大哥"的部属。小路旁草地上，两个老百姓打扮的盘腿坐在那里，他们面前横放着一支长枪，其中一位手拿着一支盒子炮，距三四丈的高坡上又站着一位，肩着自动步枪，——他是在警戒的，他们大概早已接到"招呼"，并没对那一群不伦不类，南腔北调的"唐装"难民问一句，也没有开口要"通行费"。

从荃湾到元朗这一条荒僻的山路，据说就是日寇偷袭英军后路所经过的捷径。"十二·八"战事①爆发后，英军最前线在元朗，可是这最前线战事并不怎么猛烈，双方在工事背后以机枪遥射而已。经过了三十多小时，突然荃湾发现了日军，于是元朗一线只好后撤，英军改守沙田作为最前线了。人们传言，这是三井洋行大班（日本人）做了他本国军队的向导。其实这还是一些老实人的想法。日寇在香港九龙那些小商店就全是间谍机关，而且他们的"第五纵队"在战争的前夕还公然招摇过市，带引军队过这么一条山路何必什么三井大班亲自出马！又据说，在日寇偷渡这"阴平"而扑到荃湾前一二日，英军在这个可虑的去处，确曾安置下一辆轻坦克（或装甲车），不知怎的，后来又调开了，而且就此一直不再设防。这一说，也只能姑妄听之，然而由此可见新界的老百姓对于九龙之轻易失陷终觉得可惜而又太可怪，他们创造出来的故事都从一个中心观念出发：日本仔不是打得好，却是善于行诈取巧。

---

① 指1941年12月8日日本侵略军进攻香港的战争。

118

当时日寇在香港九龙新界实在也只能作点线的占领。元朗市有伪维持会，有伪军，也有日军，然而元朗市区之外不过三里的一所大房了里就是又一位"大哥"的大本营。元朗伪维持会每天得向这位"大哥"纳贡，据说是白米十担，猪几口，鸡鸭若干挑。这一位"大哥"的大本营离一个十多二十来户人家的小村落不过一箭之路，这些老百姓都受他保护，他是新界一带最大的一股，拥有一二百武装。他的大本营是一座簇新的大院落，矮矮的白粉墙，大门里面有很大的天井，正中是轩敞的平厅，两旁各有一排三间的边房，都是朝着天井开着洋式的窗，远远看去，总以为这是一个学校的校舍，可是进门以后又觉得这是一个祠堂。大厅上朝外就是一个供着历代祖先神位的神座，帏幔低垂，一副高大的铜烛台，还有香炉，两边墙上画着一副善颂善祷的对联，墙上近屋顶处又有泥水匠画的五彩的半部《三国志》，——这一切都不像是住家房子的派头，然而那位"南洋伯"建造这所房子确是为了住家。不幸新屋落成不久，太平洋风云变色，他这吉宅太近火线，只好放弃，现在这位主人的一家也许还陷在岛上，也许牺牲在炮火下，谁也不知道，他这住宅却成为一位"大哥"的人本营，而且利用这大洋房子，他招待过"境"的特别难民，前后怕有千把人罢？

二　东江乡村

东江游击队好像是卡在敌人咽喉里的一根骨头。敌人在华北的"三光政策"，在东江早就实行了。淡水一带，整个的村庄变成废墟，单看那些村里的平整的石板路，残存耸立的砖墙，几乎铺满了路面的断砖碎瓦，便可以推想到这一些从前都是怎样富庶的村庄。可是现在连一条野狗都没有了。白天经过这些废墟的时候，已经觉得够凄凉，但尤其叫人心悸的，是月夜；踏着满街的瓦砾，通过长长的街道，月光照着那些颓垣断壁，除了脚下格格的瓦砾碎响，更没有别的声音，这时心里的惨痛凄凉非言语所能名状。旧时成语有"如行墟墓间"，但和这一比，这一句成语便觉得太不够了。

这一些村庄通常都有防盗的设备。村中有碉楼，四方形，巍然耸峙，俯瞰全村，墙壁很厚，没有窗子，只有狭长的枪洞，每面上下三层。从这些碉楼墙壁上满布的枪弹伤痕看来，敌人"扫荡"这些村庄的时候不是没有剧烈的战斗的；有些碉楼还受过炮击，崩坏了一角。村前村后的路口都有长的石条，一排五六个或三四个，植立土中，露出一尺许，最高至二尺多，这也许在紧急的时候在后面堆上沙包，作为简单的防御工事的。但是最使人惊异者，一般较好的（大概是富农的）住宅也都是碉堡式，土墙很厚，石脚很高（总有五六尺），只有一个门——大门，木料很结实，除了两根从墙里抽出来的粗木横闩，又有直闩四五根，都是碗口来粗可以用作柱子的木头，套在门上石制的天地槛内，大门两旁墙上有枪眼，屋内人可以放枪射击攻门的人，全屋没有正式的窗，只有方尺大小的洞，这也装着极厚的石框，和粗的铁栅。天黑以后，无论牛猪鸡鸭都赶进屋内！——不，这小小的碉堡内，甚至木柴农具等等也都收藏起来，于是闭门而卧，可以高枕无忧。强盗土匪要进来，只有攻大门之一法，然而大门是结实的，门破了还有坚牢的木栅（即直闩），而且攻门之时，门内人可以从门旁墙上的枪眼放枪抵御。没有比步枪更厉害的武器，这种碉堡式的住房当真有点不可奈何的。从宝安到淡水一带乡村，以我所见，差不多可以说就只有两种建筑：一种是这样的碉堡式，另·种则是仅足避风雨的茅舍，那简直连门也没有，用芦苇编成一张东西挡住了出入口而已，——这是赤贫的人们的居室。他们是除了一条性命更没有值钱的东西的。

碉堡式房子最小者全体就只一间，真要叫人联想到这是犯人住的牢房。关上大门就成为黑漆一团，人和牲畜共处，大尿桶就放在床头。大者亦有两间三间的，但亦仅赖大门放进光线和空气来。更讲究的，则有一个小小的天井，于是朝外的正房，——通常是供着列祖列宗的神位的，就比较地敞亮了，然而这敞亮要付代价，因为是平房，里面有了天井，强盗可能自屋面上攻进来，于是天井上不能不张铁丝网，天井四围各房的墙上又都得开设枪眼，使得强盗虽到屋面仍然不能下来，而且屋内人又可开枪阻止强盗破坏那铁丝网。当然这样的"小碉堡"的主人在战前若不是小地主也一定是富农了。至于大地主的住房，那简直是个城，——有的比那九龙城还要大，而且墙垣也高得多，墙上没有窗已成天经地义，可是大小枪眼之多，层层密布，平常的小城，实望尘莫及。有些这样的"城"，还在四角建有碉楼，那一定是通宵有人在上边守望的。这样的"城"里，自然有天井，不过不张铁丝网了，这是因为"城"墙既高且多枪眼，来攻者即使有云梯也未必能爬上屋面。这样的"城"，倘不用炮，好像是很难攻下来的。

这样充满了大小碉堡的村庄应该是很叫日本仔头痛的，而且又理应发挥它的自卫能力至于最高度的，然而这样的充满了大小碉堡的村庄或仅索取少许的代价或竟索不到什么代价，终极仍不免于一堆瓦砾，这是为什么呢？敌人有炮，敌人有其他的重兵器，这是原因之一，而民众的组织不够，各级村民的团结不够，地主的武装力量之不能坚决地枪口对外，这又是主要的原因了。

三 烧山

广九铁路深圳至平湖段在太平洋战争爆发那时候，经常被游击队切断。这些民众的武装力量散布在沿线山村里，距离铁路线多则十余里，少则五六里。敌人不大敢到这些小村里去找游击队厮打，然而也不是绝对不去，有时忽然来了，人数不一定多，可是行动却很敏捷，其势也相当剽悍。敌人经常是在白天先把队伍移动到某一地点，到拂晓即突然袭击。他们的出动的方向虽然不一定能够准确地估量到，可是他们的移动的消息准可以很快地得到，于是有被可能袭击的小山村里的人民和武装便要来一次部署，一次准备，力量相差太远，武装便须转移，而人民物资则须疏散，这就要半夜上山。什么都带了走，食粮，农具，牲口鸡鸭，家具，——除掉笨重的家具，实在他们并无所谓家具。山上有密茂的松林，两株松作柱，加一根横梁，盖上稻草，这就成为草寮，在南国的大气，这就过冬也成了。

武装也常住这些草寮，什么都随身带着，所以行动能够神速飘忽。

山，和它的密茂的树林，成为敌人的眼中钉。所以敌人时常烧山，还指使汉奸来烧山。天黑以后，远处山头会出现一条鲜明的红线，愈来愈长愈宽，而同时又向旁分支，终于成为纵横交叉的一个火网，熊熊然照亮了黑夜。有时会四面山头或远或近都烧了起来。冷枪的声音也时时可以听到。回答这样的暴行，人民的武装也许来一次突然的出击。在这些地方，就是这样时时刻刻斗争，用各种方式在斗争的。

四　惠阳

敌人攻陷港九后的一月，他们的散布在珠江三角洲各据点的兵力便有了移动。他们将东面的兵力调到广九路沿线，放弃了淡水县城，但是原来放在广九路沿线的兵力，他们却暗中调上了增城前线，旧历腊月初，他们猛扑博罗，博罗旋告失守，敌人即进窥惠阳，同时他们的骑兵攻掠东江上游的泰尾。惠阳震动，驻防惠阳城的独九旅据守外围山地，阻挠了敌人向惠阳闪击以掠夺物资的企图。

这时候，大批刚从虎口逃生出来的港侨，正挤在惠阳城内候船到老隆，骤闻敌兵压境，那慌张的情形是可想而知的。这时候，正当旧历年前，商店内百货充盈，都是准备在年关前后做一番热闹买卖的，现在却得赶紧疏散了。这时候，阻滞在惠淡公路（这是早已破坏了的）一带乡村间的商货何止千百挑，都陷于进退维谷。这时候，一切生命财产损失之多寡都决定于时间的因素。这时候，才显得飞鹅岭上独九旅和敌人的捉迷藏的战斗起了很大的作用。

敌人损失了一星期的时间，敌人扑近惠阳城的时候，惠阳差不多是一座空城，物资逃光了，壮丁逃光了，敌人的兵力不够久守惠阳，而且也不作此想，于是经过一星期的逗留，烧了不少房子，杀了许多逃不动的老弱妇孺，敌人从惠阳撤走，也从博罗撤走了。逃亡在四乡的人民再回到他们的老家，离旧历年关只有四五天。茶楼酒馆先复了业。几家旅馆挤得水都泼不进去。陌生的旅客吃饭可就成了问题。上馆子不一定吃到东西。不上馆子自己弄饭呢，柴米油盐都无处去买。大概也是什么冷气团光顾了惠阳罢，那几天委实冷得厉害，然而到旧历除夕那天，秩序总算恢复了过来，货物又陆续搬进城来，一些日用品的小店和摊子都开了业，旧府城内卖旧货的地摊特别多了，拿着一两件旧衣物沿街兜主顾的几乎比警察的岗位还要密，一问，差不多全说是从香港逃米的。

卖笑生涯的女子也在街上出现了，她们是和各机关同时回来的，帮着在这又一度遭劫的城市恢复起繁荣来。大裤管，长到脚背的裤子，窄腰身的衫子，红红绿绿的丝织品，在这时候，特别打眼。

太平洋战争对于物价的影响，在惠阳那时还是由了这一度的失陷而显出它的刺激力。脑子里还不能忘记国币六元至七元可换港币一元的人们听了当时惠阳的物价总觉得太贵，譬如一条中等的毛巾，大洋六元，那他的计算法就是这样的："国币六元就算它港币八毛罢，然而这样的毛巾港币八毛准可以买三条半！"然而老实的惠阳小商人仅仅涨上了一元，而这一元也是为了弥补他的逃难的损失。有人估计：那一次惠阳六天的沦陷，人民损失最大的两项，一是房子，二就是挑力。大家抢着疏散财产的时候，一塘路的挑力要二十元。这一个数目，曾经使惠阳人吃惊，正像今天给大后方人听了也是准会大吃一惊的。有一件事值得带便提一提，那时惠阳城里少见百元五十元的大票子，使用大票要打一个八折，原因是大票子不能到沦陷区。在老隆，大票子这才通行无阻。

敌人那次进攻惠阳，目的在掠夺物资。敌人这目的没有达到，兽性发作，就滥烧房子滥杀人。我们人命的损失比房子的损失大，尸首都被丢在江里，数目不可确计，有的说六七百，有的说千外。除夕，街上冷清清的，元旦，爆竹声也只寥寥数响。街上冷落是因为逃难出去的人还没大批回来，少数爆竹倒不是为的劫后的人民存心紧缩到这一项，而是因为买不到爆竹。食物已经涨价，但用品还不能跟着涨。事实上，那时在广东境内，东江是生活费用比较高的地方，例如半个月后六七人在曲江上馆子，有鱼有肉有鸡鸭，饱吃一顿，不过花了三十元左右，可是十五天以前在惠阳三个人"饮茶"，吃些点心，也要花到十元光景。只有衣料和其他的日用品，那时的惠阳还比曲江便宜些，——至少是差不多，后来如何，那就不知道了。

离目的地愈近，心里愈急，这是旅行者常有的心境，何况在逃难中，更何况敌人虽已退却，亦不过回复原态势而已，说不定再来一个突然的进攻，所以虽在废历年关，明知木船的老板伙友都要舒舒服服过年，但听说可以雇到木船而且可以即日出发，还是努力要去进行。

那时候，东江的木船，理论上都是在"征发"的状态中——或者说得更恰当些，实际上都是在"随时随地可被征发"的状态中。为了行动上的自由，木船老板必须找个机关（只要是机关，大小倒可不论，但自然，机关招牌大的总比小的好），先把自己"封"起来；这就是说，在船舱篾篷上，贴一张印有某某机关名号的信笺，随便两行核桃大的字，无非是此船已为本机关封用，"仰即知照"云云，下面当然还得盖个关防。这样经过被"封"的船便算是保了险了，船老板可以放心装货载客，否则，不但泊在惠阳的空船，会突然被"拉了去"，甚至客货满满的也会被人当真"封"起来，而且开出惠阳，沿途任何地方任何时间都在被"拉"的危险中。当然这太不"自由"了，所以，为了求得"自由"，就先找个"封条"来贴上。

这一点儿小小"过门"，在西方人看来也许大为惊奇，但在我们这国度里恐怕只有书呆子这才不懂得。当时惠阳河下的木船因此只只都在"形式上"被封了，摸不到窍脉的人就不大能够雇到。

五 "韩江船"

大除夕的下午，匆匆地上船，我们是包了整个后舱的。前舱已经满满的，男女老小都有，都是逃难人。后舱在"理论上"是不再招呼另外的客人了，后来证明这到底不过是"理论"。后舱较小，可也塞进了男女大小十四人，全盛时代乃至十六人，其中有一位，是替船老板找"封条"来的，又一位是他的朋友，船老板最初对后舱那伙客人说并无外客，其实不算扯谎，因为这两位当然不作乘客论。

如果是热天，这小小后舱挤了那么多的人也许还能见得宽舒些，可惜是冬天，这些逃难人虽则身无长物，因为一到惠阳就逢到数十年来从未有过的冷，不能不临时买了棉被，这一下，舱里的地位便不经济了，人们又不能将彼此的被筒打通，于是每人更多占了一英尺的十分之几的地位。记得曾在一本古代欧洲史书上看到一张画，古罗马的贩奴船的横断面图；那地位之被经济地使用，实足惊人。但这贩奴船到底还给每个奴隶以仰面平卧的权利！

船家说翌晨就开船。翌晨者，废历大年初一也。连过旧历年的习惯也在战时改掉了么？当然叫人高兴，为的可以早走。哪里知道大年初一不走还不足奇，竟几乎连初三那天也想留在惠阳。据说船老板确实是作了在大年初一就开船的打算的，因为停一天，开销还是他的；而终于不得不挨到初三者，那位给他找"封条"的先生有些私事还没料理清楚而已，可是这却苦了前后舱的"沙丁鱼"，活活多受两天罪。

枯水时期的东江，由惠阳至老隆，木船须走十至十二天，如遇顺风，那就不定，五六天也可以。但那时正多北风，人们不存奢望，船家口口声声说要十二天，对，十二天，四十多人在船上要过十二天，二百八十八小时。船呢，每天约行三塘路，每小时平均五里，为的要拣平安可靠的地方停泊过夜，所以尽管天一亮就开船，却不能行到天黑才停止，中间得除去船上伙友吃饭时间的一个钟头。

每天负担过重的，却是船上那两只小的行灶。其实只是大些的风炉，其中一只还是效率不高，只能充个副手。从早上起，除了船家不算，那前后舱四十光景的客人就分组来使用这个原始的烧饭工具。一共有七组之多，后舱客人分两组打伙食，但前舱那十多位却分了五组，他们原是一起的，搭船的时候他们集体包了那前舱，但轮到吃饭，他们就各自为谋。他们这么一来，船上那两只行灶是苦了，但他们自然方便了，——各人保有自由，爱吃好些的就好些，爱省俭些的就省俭些，既无你多我少之争，亦免除了口是心非之病，而尤其重要的，五个单位各自烧饭，各人自顾自，所以工作的分配的问题就完全不会发生。他们是经验丰富的聪明人，知道有些事可以搭伙，有些事却不能。至于时间和人力的不经济，那算得什么！反正在船上没有事呀。

然而灶头以外，后舱那班客人却也苦了。灶在船尾，因而那五组的烧饭者必须以后舱为走廊，川流不息的人，捧着锅子、木柴、菜蔬，淋着水，飞散着煤烟地在后舱那班客人的膝上跨过跳过，腿旁蹿过挤过，特别是因为那五组的各个主持者最善于利用童工，所以油汤滴滴搭搭，把一间后舱淋个不亦乐乎。

前舱那几位先生都有老有小，其中一家还是"三代见面”的。虽在船中，而且又是逃难，是在那样一条统舱风格的船，可是诸位先生的“家庭”之中依然保持传统的规矩；老爷们还是那种悠闲而尊严的风度，他们抱膝清谈，或者吆喝他们的小儿女、太太们主持家政——那是缩小到只有烧饭一件事了，但在船上，在七组人合用一具原始工具的船上，在窄狭到挤不下三个人，而同时必然有三个人以上在那里动作的烧饭地方——船尾，这一项家政实在是够苦的。老爷们只在船靠埠（打尖或过宿）的时候，上岸去买菜蔬，这是他们纡尊的惟一例，但买菜蔬就含有“对外”的性质，所以也还是无违于“男女分工”的传统精神的。

然而几位先生可以赞佩之处，尚不止此。他们之占有这前舱，是用集体名义向船上包了下来的，他们中间一共有五个单位，——即五个家庭，各家人口数目不等，各家人口中老小的数目亦不等，因此，在现在这社会中一个最普通的问题，也一定会在他们中间发生，这就是如何分配地位与分摊船钱的问题。究竟他们的问题如何解决——换言之，是以人数来计算金钱的分摊呢，或以地盘的大小来决定分摊数目的多寡呢，局外人未易妄猜，但是看到他们的划地而住，疆界俨然，人不犯我，我不犯人，那就不妨断定他们是把前舱的总面积分为若干方尺甚至方寸，然后按寸计值，各无争论。这当然是最公平的办法，同时也是最能尊重各人的自由的办法，在各人的小天地中，各有绝对的主权，痰盂作为便桶，保存了一整天才倒掉，这是各个小天地中最起码的一件事，而"家教"之好又表现在孩子们的知礼守法，越界的事情绝无仅有。从这点上看，便可知道诸位先生之间的"君子协定"确是大家能够在字面上、精神上严格遵守的，他们提供了"绅士相处如豪猪，彼此间必保持相当距离"——这一作风的真凭实据。

这一种木船是所谓"韩江船"，底平，肚阔，两头尖，而船头尤为特别，尖头高翘，计其"坡度"，高低相差不下于三公尺。从尖头到前舱的前端，约长丈许，这都是属于船头的区域，这一区域，在前舱交界处最宽，约五尺，由此渐狭，渐翘而高，至尖端，则仅容一人坐，而离尖端四尺处，有一孔，船停时即以竹篙插孔中，像用别针钉蜻蜓似的就将船钉在浅水的东江内了。行船不以橹，亦不以桨，而用篙子，四人或六人，分两组在船头上来来往往地撑，篙长丈余，坚木制成，形状实如长柄之桨，惟下端扁平部分仅阔三寸许，倘以划水，则嫌无力。撑时，以篙入水中，肩胛顶住了篙上端如把手之工字柄，从船头高翘之尖端向下行，渐行身渐伛伏，将近前舱处，亦即撑的一个单位动作完了时，那简直是顶住了那篙子用力在爬，其辛苦可想而知。撑篙者如为四人，则分两组，左右列，各组之二人一来一往，而与其对组之人相配合，倘为六人，亦分两组，亦左右列，而左右组各人一来一往之行动亦必与对组相配合。工作紧张的时候，但见那丈把长的高翘的船头上，船夫们往来上下历历落落若甚杂乱，但其实他们各人的动作都有配合，所以船能平稳向前。

这一项工作，一看就知道很辛苦，所以通常撑了一程，就得换班，备有六个船夫的一条船通常只能有四个人在撑，盖要留二人作为轮流换班时补充之用。如果六人一齐上马，那只好撑一程歇一程了。上水每小时仅能行五里，船夫日须吃四顿饭，船老板倘不带点货，兼做生意，除了开销，就没有好处了。

东江枯水期行船，掌舵的非内行不可，要能熟识"航线"，方不致搁浅在江中的暗滩上。表面看极其宽阔的江面，往往只有一条狭路可供木船安全通行，如果偏了就会搁浅，船底被沙砾胶住，进退不得，那时惟有减少船的载重量，雇人下水把船抬起，方能出险。用人力撑的时候，掌舵者仍在工作，原因即在船须觅路前进，而此路惟舵工熟识。

东江路上，时有土匪抢劫客商。瘦狗垅，离惠阳八十里，曾为那些拦江劫掠者出没之所，后经独九旅痛剿，这才好些，然而船家倘非不得已，必不泊瘦狗垅宿夜。旧历大年初四，早七时发水口，十时三十分至横沥，水口至横沥仅二十里，十一时发横沥，北风甚劲，二十里至瘦狗垅，天已黑，遂不得不在此地寄泊。时同行者三船，船家请客人们公摊些钱出来，给他们在岸放哨的人作点心钱，于是每客人出一元。那一晚上，平安无事。岸上究竟有没有人放哨，不得而知，但三条船的船主和大部分伙计那夜确实辛苦了个通宵，却不是守望，而是赌博，大概是借赌博来防盗，因为惟有赌博能使他们通宵不睡。这一次开了头，以后就像有瘾，晚饭后，既冲了凉，客人们都睡了，三条船的船主伙计们便集中在一条船上赌博起来，这阵赌风，过了河源以后，方才平息了。

从惠阳到观音阁，约一百三十里，敌人犯惠阳时，横沥很是吃紧，逃难的人们以及疏散的货物都以观音阁为安全起点，若过观音阁，便没有事了。这一理论，不知从何而来，但倘就平时的安全标尺来估计，观音阁以下，地方荒凉，沿途隔三四十里始有一小村镇，亦无驻军，当然安全的程度是有限的。观音阁以上，步步热闹起来，村镇多了，相距近了，治安状态自然比较好多了，而且据船家说，此后水路也较平易，不像观音阁以下那么暗滩多而且水流急。中央赈济委员会招待归国侨胞的招待站第一次出现的地方，就是观音阁。

六　老隆

老隆，十足一个暴发户。这无名的小镇，在太平洋战争以前，当沙鱼涌还是"自由港"的时候，成为走私商人的乐土。而老隆之繁荣，其意义尚不止此。

除了穿心而过的一条汽车路，其余全是湫隘的旧式街道。没有一家整洁的旅馆，也没有高楼大厦的店铺，全镇只有三四家理发店，其简陋也无以复加；然而，不要小看了这外貌不扬的小镇，它那些矮檐的铺子简简单单挂了一块某某号或某某行的小小木牌子的，每天的进出，十万八万不算多。请注意，这还是六七人在曲江花三十多元可吃一席的时候。如果和湘桂路两端的衡阳和柳州来比较，那么，老隆自不免如小巫之见大巫，可是，在抗战以后的若干"暴发"的市镇中间，老隆总该算是前五名中间的一个。

这里的商业活动范围，倘要开列清单，可以成为一本小册子。有人说笑话，这里什么都有交易，除了死人。但这里的所有的买卖，其为就地消耗且为当地流动的冒险家而设者，却只有两项：酒饭馆和暗娼。而这两者，又都不重形式。在发财狂的"现实主义"的气氛中，食色两事的追求也是颇为原始性的了。而这，完成了老隆这暴发户的性格。

离惠阳三十里的一家杂货店里朝外贴了一副红纸的对联，上句是"目下一言为定"，下句是"早晚时价不同"。当时看了，颇为憬然。及至老隆，一打听到曲江的汽车票价，这才知道这两句话倘以形容老隆的车票行市，实在再确切也没有了。从老隆到曲江，有没有公路局的定期客车，我不大明白，但事实上，在老隆打算走曲江，你去打听车子的时候，决不会听到有公路客车（现在如何，我可不知道），因而虽有官定的票价，实际上只足备参考罢了。老隆有不少车票掮客，到处活动，嗅觉特别灵，当你在街上昂首踌躇的当儿，他们就会趸进身来兜搭道：去曲江么？有票，车子顶括括！于是他就会引你去看车子，讲价。"早晚时价不同"的意义这时你就真正体味到了。因为今天有多少车开出，有多少客人要走，就决定了票价的上落。掮客们对于今天有多少车开出，自然能知道，而对于客人的数目则因他们自伙中互通情报，所以也能估计得差不了多少。此外，车子的好坏，新旧，也参加着决定票价的高低。但这上头，掮客们颇能耍花样。往往你看定了是某车，抄下号码，而临时则该车没有了，或者说是今天不开了，那时候，你对掮客发脾气也不中用，他会劝诱你去坐另一部车，今天仍能动身，或者，你就等待那不可知的明天，客人们往往不愿等待，便只好迁就。

掮客们作成一桩买卖，向客人取佣金十分之一或不到十分之一，这在车票以外，也是临时讲定的。车票呢，掮客不过手，所以客人们即使有损失也不过舒服与时间而已。至于掮客向司机取多少佣金，那就要看司机先生的高兴了。

1943年2月，重庆

时间，

换取了什么？

长途漫漫不晓得何年何月

才到得了目的地。

叩　门

答，答，答！

我从梦中跳醒来。

——有谁在叩我的门？我迷惘地这么想。我侧耳静听，声音没有了。头上的电灯洒一些淡黄的光在我的惺忪的脸上。纸窗和帐子依然是那么沉静。

我翻了个身，朦胧地又将入梦，突然那声音又将我唤醒。在答，答的小响外，这次我又听得了呼——呼——的巨声。是北风的怒吼罢？抑是"人"的觉醒？我不能决定。但是我的血沸腾。我似乎已经飞出了房间，跨在北风的颈上，昂然驱驰于长空！

然而巨声却又模糊了，低微了，消失了；蜕化下来的只是一段寂寞的虚空。

——只因为是虚空，所以才有那样的巨声呢！我哑然失笑，明白我是受了哄。

我睁大了眼，紧裹在沉思中。许多面孔，错落地在我眼前跳舞；许多人声，嘈杂地在我耳边争讼。蓦地一切都寂灭了，依然是那答，答，答的小声从窗边传来，像有人在叩门。

"是谁呢？有什么事？"

我不耐烦地呼喊了。但是没有回音。

我捻灭了电灯。窗外是青色的天空闪耀着几点寒星。这样的夜半，该不会有什么人来叩门，我想，而且果真是有什么人呀，那也一定是妄人：这样唤醒了人，却没有回答。

但是打断了我的感想，现在门外是殷殷然有些像雷鸣。自然不是蚊雷。蚊子的确还有，可是躲在暗角里，早失却了成雷的气势。我也明知道不是真雷，那在目前也还是太早。我在被窝内翻了个身，把左耳朵贴在枕头上，心里疑惑这殷殷然的声音只是我的耳朵的自鸣。然而忽地，又是——

答，答，答！

这第三次的叩声，在冷空气中扩散开来，格外地响，颇带些凄厉的气氛。我无论如何再耐不住了，我跳起身来，拉开了门往外望。

什么也没有。镰刀形的月亮在门前池中送出冷冷的微光，池畔的一排樱树，裸露在凝冻了的空气中，轻轻地颤着。

什么也没有，只一条黑狗爬在门口，侧着头，像是在那里偷听什么，现在是很害羞似的垂了头，慢慢地挨到檐前的地板下，把嘴巴藏在毛茸茸的颈间，缩做了一堆。

我暂时可怜这灰色的畜生，虽然一个愤愤的怒斥掠过我的脑膜：

是你这工于吠影吠声的东西，丑人作怪似的惊醒了人，却只给人们一个空虚！

卖豆腐的哨子

早上醒来的时候，听得卖豆腐的哨子在窗外呜呜地吹。

每次这哨子声引起了我不少的怅惘。

并不是它那低叹暗泣似的声调在诱发我的漂泊者的乡愁；不是呢，像我这样的Outcast[1]，没有了故乡，也没有了祖国，所谓"乡愁"之类的优雅的情绪，轻易不会兜上我的心头。

也不是它那类乎军笳然而已颇小规模的悲壮的颤音，使我联想到另一方面的烟云似的过去；也不是呢，过去的，只留下淡淡的一道痕，早已为现实的严肃和未来的闪光所

---

[1] Outcast，流浪者。

掩煞所销毁。

所以我这怅惘是难言的。然而每次我听到这呜呜的声音，我总抑不住胸间那股回荡起伏的怅惘的滋味。

昨夜我在夜市上，也感到同样酸辣的滋味。

每次我到夜市，看见那些用一张席片挡住了潮湿的泥土，就这么着货物和人一同挤在上面，冒着寒风在嚷嚷然叫卖的衣衫褴褛的小贩子，我总是感得了说不出的怅惘的心情。说是在怜悯他们么？我知道怜悯是亵渎的。那么，说是在同情于他们罢？我又觉得太轻。我心底里钦佩他们那种求生存的忠实的手段和态度，然而，亦未始不以为那是太拙笨。我从他们那雄辩似的"夸卖"声中感得了他们的心的哀诉。我仿佛看见他们呼出的热气在天空中凝集为一片灰色的云。

可是他们没有呜呜的哨子。没有这像是闷在瓮中，像是透过了重压而挣扎出来的地下的声音，作为他们的生活的象征。

呜呜的声音震破了冻凝的空气在我窗前过去了。我倾耳静听，我似乎已经从这单调的呜呜中读出了无数文字。

我猛然推开幛子，遥望屋后的天空。我看见了些什么呢？我只看见满天白茫茫的愁雾。

沙滩上的脚迹

他，独自一个，在这黄昏的沙滩上彳亍。

什么都看不分明了，仅可辨认，那白茫茫的知道是沙滩，那黑魆魆的是酝酿着暴风雨的海。

远处有一点光明，知道是灯塔。

他，用心火来照亮了路，可也不能远，只这么三二尺地面，他小心地走着，走着。

猛可的，天空瞥过了锯齿形的闪电。他看见不远的前面有黑簇簇的一团，呵呵，这是"夜的国"么，还是妖魔的堡寨？

他又看见离身丈把路的沙上，是满满的纵横重叠的脚迹。

哈哈，有了！赶快！他狂喜地跳着，想踏上那些该是过去人的脚迹。

他浑身一使劲，迸出个更大些的心火来。

他伛着腰，辨认那纵横重叠的脚迹，用他的微弱的心火的光焰。

咄！但是他吃惊地叫了起来。

这纵横重叠的，分明是禽兽的脚迹。大的，小的，新的，旧的，延展着，延展着，不知有几多远。而他，孤零零站在这兽迹的大海中间。

他惘然站着，失却了本来的勇气；心头的火光更加微弱，黄苍苍地像一个毛月亮，更不能照他一步两步远。

于是抱着头，他坐在沙上。

他坐着，他想等到天亮；他相信：这纵横重叠的鸟兽的脚迹中，一定也有一些是人的脚迹，可以引上康庄大道，达到有光明温暖的人的处所的脚迹，只要耐守到天明，就可以辨认出来。

他耐心地等着，抱着头，连远处的灯塔也不望它一眼。他相信，在恐怖的黑夜中，耐心等候是不错的。然而，然而——

隆隆隆的，他听得了叫他汗毛直竖的怪响了。这不是雷鸣，也不是海啸，他猛一抬头，他看见无数青面獠牙的夜叉从海边的黑浪里涌出来，夜叉们一手是钢刀，一手是人的黑心炼成的金元宝，慌慌张张在找觅牺牲品。

他又看见跟在夜叉背后的，是妖娆的人鱼，披散了长发，高耸着一对浑圆的乳峰，坐在海滩的鹅卵石上，唱迷人的歌曲。

他闭了眼，心里这才想到等候也不是办法；他跳了起来，用最后的一分力，把心火再旺起来，打算找路走。可是——那边黑簇簇的一团这时闪闪烁烁飞出几点光来，飞出的更多了！光点儿结成球了，结成线条了，终于青闪闪地排成了四个大字：光明之路！

呵！哦！他得救地喊了一声。

这当儿，天空又撒下了锯齿形的闪电。是锯齿形！直要把这昏黑的天锯成了两半。在电光下，他看得明明白白，那边是一些七分像人的鬼怪，手里都有一根长家伙，怕就是人身上的什么骨头，尖端吐出青绿的鬼火，是这鬼火排成了好看的字。

在电光下，他又分明看到地下重重叠叠的脚迹中确也有些人样的脚迹，有的已经被踏乱，有的却还清楚，像是新的。

他的心一跳，心好像放大了一倍，从心里射出来的光也明亮得多了；他看见地下的脚迹中间还有些虽则外形颇像人类但确是什么只穿着人的靴子的妖魔的足印，而且他又看见旁边有小小的孩子们的脚印。有些天真的孩子上过当！

然而他也在重重叠叠的兽迹和冒充人类的什么妖怪的足印下，发现了被埋藏的真的人的足迹。然而这些脚迹向着同一的方向，愈去愈密。

他觉得愈加有把握了，等天亮再走的念头打消得精光，靠着心火的照明，在纵横杂乱的脚迹中他小心地辨认着真的人的足印，坚定地前进！

天　窗

　　乡下的房子只有前面一排木板窗。暖和的晴天，木板窗扇扇开直，光线和空气都有了。

　　碰着大风大雨，或者北风虎虎地叫的冬天，木板窗只好关起来，屋子里就黑得地洞里似的。

　　于是乡下人在屋面开一个小方洞，装一块玻璃，叫做天窗。

　　夏天阵雨来了时，孩子们顶喜欢在雨里跑跳，仰着脸看闪电，然而大人们偏就不许，"到屋里来呀！"孩子们跟着木板窗的关闭也就被关在地洞似的屋里了；这时候，小小的天窗是唯一的慰藉。

　　从那小小的玻璃，你会看见雨脚在那里卜落卜落跳，你会看见带子似的闪电一瞥；你想象到这雨，这风，这雷，这电，怎样猛厉地扫荡了这世界，你想象它们的威力比你在露天真实感到的要大这么十倍百倍。小小的天窗会使你的想象锐利起来！

晚上，当你被逼着上床去"休息"的时候，也许你还忘不了月光下的草地河滩，你偷偷地从帐子里伸出头来，你仰起了脸，这时候，小小的天窗又是你唯一的慰藉！

你会从那小玻璃上面的一粒星，一朵云，想象到无数闪闪烁烁可爱的星，无数像山似的，马似的，巨人似的奇幻的云彩；你会从那小玻璃上面掠过的一条黑影想象到这也许是灰色的蝙蝠，也许是会唱的夜莺，也许是恶霸似的猫头鹰，——总之，美丽的神奇的夜的世界的一切，立刻会在你的想象中展开。

啊唷唷！这小小一方的空白是神奇的！它会使你看见了若不是有了它你就想不起来的宇宙的秘密；它会使你想到了若不是有了它你就永远不会联想到的种种事件！

发明这"天窗"的大人们，是应得感谢的。因为活泼会想的孩子们会知道怎样从"无"中看出"有"，从"虚"中看出"实"，比任凭他们看到的更真切，更阔达，更复杂，更确实！

韧性万岁

惯于颠倒黑白的人们提起鲁迅先生，总以不满意的口气说："执拗的老人！"他们不会懂得他们所谓"执拗"正是鲁迅先生的战斗的韧性！

封建黑暗势力下的渣滓，政治圈内文化圈内的无耻之徒和恶棍，都曾受到鲁迅先生的韧性战斗的打击。"对于旧社会旧势力的斗争，必须坚决，持久不断"（《二心集》），只有韧性的持久战，才能扫荡积久的渣滓和新生出来的毒瘤！

鲁迅先生早就期待着"一片崭新的文场，几个凶猛的闯将"（《论睁了眼看》），但同时也屡次警戒战友"不要赤膊上阵"，又说"在文艺战线上的，还要韧"（《二心集》）。这都是他三十年战斗经验得来的宝贵的指导。"凶猛的闯将"而又能韧，这才是真正的战士。他看见有过"横冲直撞的莽将军"，然而一败之后则意气消沉；他又看见过"赤膊上阵"拼一死的勇士，然而这种拼死一击的行动，虽云悲壮，却不是可以制敌死命的；——他谆谆以韧战为言，是针对着文坛的一些现象的。

每当政治社会发生变动，青年们意气洋洋，认为"明天便要完全不同"的时候，鲁迅先生是冷静的，他警告着：不要笑得太早。因此而被讥为"悲观"，也不止一次。但是当讥笑者遇到了顿挫而消极的时候，鲁迅先生却在坚韧地斗争下去！

这些事情，大家应当早已熟悉，但现在我们还必须谨记而温习这一遗范——韧性的战斗。在长期抗战中，全国民众都须要坚韧，"在文艺战线上的，还要韧"。目前摆在文艺工作者面前的许多问题，都不是"痛快主义"所能解决，必须韧战。我们必须有韧性的斗争，才能使广大的民众深切明了抗战建国的重任；必须有韧性的斗争，才能把贪污土劣、托派、汉奸种种阻碍抗战、破坏抗战的恶势力从抗战路上扫除出去；必须有韧性的斗争，才能消火失败主义、盲目的乐观，以及潜伏着绝望意识的但求拼死的心理。即如"大众化"一问题，也必须韧性的斗争，才能克服太"左"的反对"利用旧形式",以及太右的"为旧形式所用"的尾巴主义。

只有对于最后胜利有确信,而又能够正确地估计到当前的困难的,方始能作韧战。我们需要坚守岗位,从容不迫的韧性的战士!

时间，换取了什么？

是在船上或车上，都不关重要；反正那一类的设备既颇简陋，乘客又极拥挤，安全也未必有保障的交通工具，你越心急，它越放赖，进一步，退两步，叫你闷得不知怎样才好，正是：长途漫漫不晓得何年何月才到得了目的地。

在这样的交通工具上，人们的嘴巴会不大安分的。三三两两，连市面上现今通行的法币究竟有多少版本，都成为"摆龙门阵"的资源。

有这么两个衣冠楚楚的人却争辩着一个可笑的问题：时间。

一位说他并不觉得已经过了七个年头了。

"对！"另一位顺着他的口气接着说，"日子过得真快，不知不觉早已满了七年。"

那一位摇着头立刻分辩道："不然！不知不觉只是不知不觉罢了，七年到底是七年；然而我要说的是，这七个年头在我辈等于没有。你觉得我这话奇怪么？别忙，听我说。你当是一个梦也可以，不过无奈何这是事实。想来你也曾听得说过：在敌人的炮火下边，老板职员工人一齐动手，乒乒乓乓拆卸笨重的机器，流弹飞来，前面一个仆倒了，后面补上去照旧干，冷冰冰的机器上浸透了我们的滚热的血汗。机器上了船了，路远迢迢，那危险，那辛苦，都不用说，不过我们心里是快活的。那时候，一天天朝西走，理想就一天天近了，那时候，一天，一小时，一分钟，确实有价值。机器再装起来，又开动了，可是原料、技工、零件，一切问题又都来了，不过我们还是满身有劲，心里是快乐的。我们流的汗恐怕不会比机器本身轻些，然而这汗有代价：机器生产了，出货了。……然而现在，想来你也知道，机器又只好闲起来，不但闲起来，拆掉了当废铁卖的也有呢！"

他抹了一把额头的汗水，望着他的同伴苦笑，然后又说："你瞧，这不是一个圈子又兜到原来的地点？你想想，这不是白辛苦了一场？你说七个年头过去了，可是这七年工夫在我们不是等于没有么？这七年工夫是白过的！白过了七年！要是你认真想起到底过了七年了，那可痛心得很，

156

为什么七年之中我们一点进步也没有?"

"哎,好比一场大梦!"那同伴很表同情似的说。

但是回答却更沉痛些:"无奈这不是梦呀!要是七年前的今天我做了这样一个梦,醒来后我一定付之一笑,依然精神百倍,计划怎样拆,怎么搬,怎样再建,无奈这不是梦,这是事实,我们的确满了七年,只是这七年是白过的,没有价值!"

那同伴看见对方的牢骚越来越多,便打算转换话题,不料旁边一人却忽然插嘴道:

"白过倒也不算白过。教训是受到了,而且变化也不少呵!时间是荒废得可惜,七年工夫还没上轨道,但是倒也不能算作一个圈子兜回原来的地点,从整个中国看来,变化也不小呢!"

"变化?"那同伴睁眼朝这第三人看了一下,"哦,变化是有的。"他忽然讽刺似的冷笑一下,"对呀,变出了若干暴发户,发国难财的英雄好汉!上月的物价,和前月不同,和本月也不同,这一点上,确是一天有一天的价值,时间的分量大多数人都觉得到的。"于是他忽然想起来了似的转脸安慰他的朋友道:"老兄不过是白白过了七年,总还算是无所损益。像兄弟呢,一年一年在降格。我们当个不大不小地主的,真是打肿了脸充胖子罢哩!老兄想来也是明白的。”

“怎么我好算是无所损益呢？……”

“当然不能，”那第三人又插进来说，“在这时代，站在原地位不动是办不到的；中国是世界的一部分，而且还在抗战。”

一听这话，那两位互相对看了一眼，同时喊了一声“哦”；而且那位自称是“一年一年在降格”的朋友立刻又欣然说道：“所以我始终是乐观派，所以要说，这七年工夫是挨得有代价的；你瞧，我们挨成了四强之一，而且英美在步步胜利，第二战场也开辟了，不消半年，希特勒打垮，掉转身来收拾东洋小鬼，真正易如反掌，我们等着最后胜利罢!”

他的同伴也色然而喜了，然而还是不大鼓舞得起来，他慢吞吞自言自语道：“胜利是没有问题的，不过我的厂呢？我们的工业呢？”

“等着?”那第三人也笑了笑说，“我们个人尽管各自爱等着就等着罢，爱怎么等就怎么等下去，有人等着重温旧梦，有人等着天上掉下繁荣来，各人都把他的等着放在没有问题的最后胜利等到了以后。不过，一方面呢，世界不等我们，而另一方面呢，中国本身也不能等着那些一心只想等到了没有问题的最后胜利到手以后便要如何如何的人们。更不用说，敌人也不肯等着我们的等着的！七年是等着过去了，也许有些人欣欣然自庆他终于等着了他所希望的，然而……"

"然而我并没有等着呀！"是懊恼而不平的声音，"我说过，我流的汗有几千斤重呢，可是我得到了什么呢？于人无补，于己也无利！"

"你老兄是吃了那一心以等着为得计的人们的亏！"那第三人回答，"不过中国幸而也有不那么等着人的，所以七年工夫不是白过，中国地面上是发生着变化了，打开地图一看就可以看见的。"

话的线索暂时中断。过了一会儿，那最初说话的人又回到那"时间"问题，发怒似的说道："不论如何，白过了七年工夫总是一个事实。我们从今天起，不能再让有一天白白过去，如果再敷敷衍衍，不洗心革面，真是不堪设想的。然而那七个年头还是白废的！"

"要是能够这样，那么，七年时间虽然可惜，也还算不是白过的！否则，那就是真真地白过了，倘有上帝的话，上帝也不会同情，更不用说历史的法则铁面无情。"

时间，换取了什么？今天我们必须认真问，认真想一想了。

谈排队静候之类

　　等候公共汽车，应当排队。自从"有碍观瞻"的木栅拆去以后，候车者的长蛇阵居然排得崭齐。当然也还有"弁髦法令"之辈使得群氓侧目，但此辈既非老百姓，自应例外，老百姓确是兢兢业业守法奉纪的。

　　排队静候的习惯确是这几年来养成功了。现在是买米，买盐，买电影票，戏票，轮渡售票处，差不多只要十人以上就会"单行成列"起来。如果有人问我：七年来老百姓得到些什么？我会毫不迟疑地答道：排队静候就是一件。将来有谁要写一本例如"抗战期中我民族之进步"一类的书，我以为这一项是不应当遗漏的，因为，从这一项上，也可以证明老百姓程度之如何不够，连这一点点守秩序的

ＡＢＣ也得训之又训而始能，由此可知今日备受盟友指摘的行政效率之低，以及其他种种的不上轨道，理合见怪不怪，而这个责任当然相应出老百姓自己去负了。

而况臭虫外国也有。

不过，要是公共汽车数量充足，要是坐在小洞后边的售票员眼明手快些，要是……凡须排队静候的场合都添些合理性和计划性，那自然更好，至少"静候"的功夫会减少些——虽然这在训练老百姓之耐性这一点上也许是得不偿失的。

时间的意义，在排队静候的当儿，好像看不出它的重要性来。譬如候车，要是你能断定每隔半小时或数十分钟准有一辆车开到，那你的"静候"便不会没有时间的意义；又譬如排队买油盐之类，要是你能预先见到"静候"的结果是"今日货已卖完"，那你大概也要算一算你的时间究竟有没有更好的方法去浪费掉，然而不幸是两例之中包含的未知数太多了，叫你简直不敢再作"时间"换得ＸＹＺ的奢望，只是当作在受排队训练罢了。但这，实在也只是小市民知识分子如笔者之流的想法。老百姓——"老百姓"的心情不能那样悠闲。我曾经在某一清晨，经过某街，看见什么店外的长蛇之阵已经有半里远，旁人告诉我：此辈排队静候者在天未破晓时就已经来了。他们已经等候了四五小时，然而那什么店的排门依然紧闭，因为，还没到办公时间！

这里我们又碰到了"时间"这两个字了。同是这两个字，在门内的办公者的字典上，自然是和门外的长蛇之阵的静候者的字典上，各有各的意义的。在门内的字典上，"时间"这两字神圣得很，差一秒钟，大门是不开的；在门外那一群的字典上，"时间"比脚底下的泥还不如，所以天未破晓就来了。大人先生们闻（不是看见）有此等情形，怫然作色曰："真是胡闹，不成话！一点时间观念都没有。唉，这样的老百姓，这样的落后！太不够程度了，所以公家办事困难！"

落后，不够程度：摸黑起早在什么店外排队的老百姓诚惶诚恐不敢——也不知如何自辩。但是尽管落后，老百姓们却懂得比大人先生更明白：要是不会静候半天所得的结果是"今日货已售完"，他们也未必那么高兴赶早的。而且，即使摸黑起早，等候五六小时之后"门"开了，但是：里把长的队伍尚未过半，而"今天货完"的牌子又挂了出来，老百姓们明天还是要摸黑起早来等候。老百姓的"落后性"就有这样顽强的。这中间的道理，大人先生们不愿亦不屑想一想，他们大概只淡淡一笑道："他们的时间不值钱！"

诸如此类，"时间"在各色不同人们的字典上有其不同的"意义"与"价值"。

　　如果要找一个大家字典上意义与价值相同的"时间"，我以为这几年来我们是用血的代价找得了一个了：这便是"空间换取时间"一语中的"时间"。虽然在极少数人的字典上，甚至连这一个"时间"也另有新解的。至少最近这"时间"竟也像摸黑起早被嗤为不值钱，或是会不会弄到那些摸黑起早者的下场，那就请读者们去想一想罢，事有不忍言者，亦有未许详言者！呜呼，时间！

1944 年 7 月 19 日。敌犯怀远

闻笑有感

笑是喜悦的表示，动物之中，大概只有人类有这本领罢。猴子也能作笑的姿态，但亦不过是姿态而已，看了不会引起快感，或且以为丑。至于微笑，冷笑，苦笑等等复杂的不尽是表示喜悦而别有滋味的各式之笑，那更是人类所独特擅长。

简直可以说，愈是思想情绪复杂且多矛盾而变态的人，笑之内容也愈为复杂而多变态；原始意味的笑——即天真的笑，差不多很难在这样人们的脸上找到了，通常我们见到的，倘不是虚伪的笑便是恶意的笑，这又是人类比猴子高明的地方，猴子大概作不出虚伪的笑，并且大概也没有恶意的笑。

但是也还有若干种类的笑，其动机似可索解却又未必竟能索解。譬如青年的疯女人，一丝不挂出现于大街，此时围观者如堵，笑声即错杂起落，如果再有一个无赖之徒对疯妇作猥亵之动作，旁观者就一定会哄然大笑。这样的笑，当然并不虚伪，确是"真情之流露"，远远听去，你会猜想这所笑者一定是一件可喜的事；那么，这是恶意的笑了，可又不尽然，当然说不上含有善意，但围而观者之群其中百分之九十九与此疯妇确无丝毫的仇恨，既无仇恨，则看见她在那样悲惨的境地而犹受无赖子的欺侮，纵使不生同情亦何必投之以恶意的笑呢？然则是缺乏同情心的缘故么？在此一场合，围观者同情心之薄弱，即就"围观"一举已可概见，自不待论；但是同情心之缺乏并不一定造成那样纵声狂笑的结果。假如有一位绅士在场，恐怕他是不笑的，虽然这位绅士跟围观之群比较起来，心地要肮脏得多，白天黑夜，他时时存着损人利己之心，而围观之群却确是善良（虽则赶不上那位绅士的聪明）的人们。

这样看来，恐怕只能把这种变态的笑解释为并无意义的动作，这恐怕是神经受了不寻常的一刺骤然紧张而起的一种反应，这中间并无恶意，当然也未必带有幸灾乐祸的成分。但"一半是神，一半是兽"的万物之灵，在这当儿，却突然褪落了"神"的光圈，而呈现了赤裸裸的"兽"的本色，大概也是不能讳言的事罢？

在街头遇到了这种的笑，并不比在雅致的客厅中遇到了虚伪的笑，更为舒服些，不过那不舒服的滋味应当是不相同罢？前者是悲哀而后者是憎恶。在前者，我们感到文化教育力之不足，在后者，我们看见了相反的作用——"人"非但未能净化，反倒被"教养"得更卑鄙龌龊了！我不得不承认：那种无意义的原始性的傻笑，虽使我听了战栗，可是比起客厅中高贵人们的虚伪的——可又十分有礼貌的笑，至少是"天真"些罢？

不过在大街上那样笑的机会究竟不多，常见者乃在室内。在文雅的背景前，有"教养"的嘴巴绘声绘影地在叙述一些惨厉的故事的时候，听到了那样野性的放纵的笑声，其使人毛骨耸然，当亦不下于在大街。这时的笑，当然决无虚伪，可也不见得如何"天真"，这里可以嗅出自私的气味，讲述者和听而笑者似乎都把这当作一种娱乐，一种享受，他们似乎习惯了要把血腥的人类灵魂被践踏的故事当作饱食以后的消化剂，把别人的痛苦当作自己开心的资料。这原来不是没有"教养"的人所知道的。

人们说近来有些话剧，颇重"噱头"，于是慨叹于"低级趣味"之盛行，但是，见"噱头"而笑，即使是"低级趣味"罢，亦不过趣味低级而已；事有甚于此者，即并非

"噱头"而且简直是不应当笑的地方，也往往听到喷发的笑声，叫人突然觉得这就是疯女人出现在大街上所引起的同样的声音。有一次我看电影，就在我近旁发出了这样变态的笑声；后来我留心看那几位"可敬的人们"，确也是衣冠楚楚，一表堂堂，标明是有"教养"的——即不是粗人，换一句话，就是那些看腻了"噱头"转而要从血腥和眼泪中寻取笑料的人！

人的感情有能变态到这样的地步的，这是人的堕落呢或是"进化"，自不待论；不过再一想，在众人的骷髅堆上建筑起一人的尊严富贵的，今世实在太多了，那么，仅仅在话剧或电影上找寻这样发泄的家伙，实在也不足责了。

剩下来的一个问题是：到了还没看腻"噱头"的小市民群的钱袋也不大宽裕而不得不依靠那些连"噱头"都已看腻转而要从血腥与眼泪——别人的痛苦中找寻娱乐的人们作为基本观众时，我们的戏剧将怎样办呢？

也许就是杞忧，现在这大时代有的是能使人痛快地一哭因而也就能健康地一笑的题材。但是看到那依然如故的"尺度"，我不能不担心我这个忧虑迟早要成为问题了。

1944 年 10 月

致文学
青年

没有什么神妙的灵感，只是对于社会现象的深湛的理解和精密的分析！

文学与人生[①]

　　今天讲的是文学与人生。中国人向来以为文学不是一般人所需要的。闲暇自得，风流自赏的人，才去讲文学。中国向来文学作品，诗，词，小说等都很多，不过讲文学是什么东西，文学讲的是什么问题的一类书籍却很少，讲怎样可以看文学书，怎样去批评文学等书籍也是很少。刘勰的《文心雕龙》可算是讲文学的专书了，但仔细看来，却也不是，因为他没有讲到文学是什么等等问题。他只把主观的见解替文学上各种体格下个定义。诗是什么，赋是

----

① 1922年8月，茅盾应松江县私立景贤女子中学校长之邀到松江讲演，本
　文为演讲稿。

什么，他只给了一个主观的定义，他并未分析研究作品。司空图的《诗品》也没讲"诗含的什么"这类的问题。从各方面看，文学作品很多，研究文学作品的论文却很少。因此，文学和别种方面，如哲学和语言文字学等，没有清楚的界限。谈文学的，大都在修词方面下批评，对于思想并不注意。至于文学和别种学问的关系，更没有说起。所以要讲本题，在中国向来的书里，差不多没有材料可以参考。现在只能先讲些西洋人对于文学的议论，再来讲中国向来的文学，与人生有没有关系。

西洋研究文学者有一句最普通的标语是："文学是人生的反映（Reflection）"，人们怎样生活，社会怎样情形，文学就把那种种反映出来。譬如人生是个杯子，文学就是杯子在镜子里的影子。所以可说："文学的背景是社会的。""背景"就是所从发的地方。譬如有一篇小说，讲一家人家先富后衰的情形，那么，我们就要问讲的是哪一朝。如说是清朝乾隆的时候，那么，我们看他讲的话，究竟像乾隆时候的样子不像？要是像的，才算不错。上面的两句话，是很普通的。从这两句话上，大概可以知道文学是什么。固然，文学也有超乎人生的，也有讲理想世界的，那种文学，有的确也很好，不过都不是社会的。现在我们讲文学与人生的关系，单是说明"社会的"，还是不够，可以分下列的四项来说一说。

（一）人种。文学与人种，很有关系。人种不同，文学的情调也不同，哪一种人，有哪一种的文学，和他们有不同的皮肤、头发、眼睛等一样。大凡一个人种，总有他的特质，东方民族多含神秘性，因此，他们的文学也是超现实的。民族的性质，和文学也有关系。条顿人刻苦耐劳，并且有中庸的性质，他们的文学也如此，他们便是做爱情小说，说到苦痛的结果，总没有法国人那样的热烈。法国作家描写人物，写他们的感情，非常热烈。假如一个人心里烦闷，要喝些酒，在英人只稍饮一些啤酒，法人却必须饮烈性的白兰地。这英法两国人的譬喻，恰可以拿来当作比较。文学上这种不同之点是显然的。

（二）环境。我们住在这里，四面是什么。假设我们是松江人，松江的社会就是我们的环境。我有怎样的家庭，有怎样的几个朋友……都是我的环境。环境在文学上影响非常厉害。在上海的人，作品总提着上海的情形；从事革命的人，讲话总带着革命的气概；生在富贵人家的，虽热心于平民主义，有时不期然而然地有种公子气出来。一个时代有一个环境，就有那时代环境下的文学。环境本不是专限于物质的，当时的思想潮流，政治状况，风俗习惯，都是那时代的环境，著作家处处暗中受着他的环境的影响，决不能够脱离环境而独立。即使是探索宇宙之秘奥的神秘诗人，他的作品里可以和他的环境无涉——就是并不提起他的环境，但是他的作品的思想一定和他的大环境有关。即使有反乎他那时代的思潮的，仍旧是有关系，因为他的"反"，是受了当时思潮的刺戟，决不是凭空跳出来的。至于正面的例子，在文学史上简直不胜枚举。例如法国生了佐治申特等一批大文学家，他们见的是法国二次革命与复辟，所以描写的都是法国那时代环境下的人物。申特虽为了他的革命思想，逃到外国，可是他的作品，总离不掉法国那时代的色彩。举眼前的例：我们在上海，见的是电车、汽车，接触的或算大都是知识阶级，如写小说，断不能离了环境，去写山里或乡间的生活。英国诗人勃恩斯（Burns）的田园风景诗，现在人说怎样好，怎样美丽，平静；十九世纪末，作家都写都会状况，有人说他们堕落；这都是环境使然。又如十九世纪末有许多德国人，厌了城市生活，去描写田园，但是他们的望乡心，一看便知。这就是反面的例。可见环境和文学，关系非常密切，不是在某种环境之下的，必不能写出那种环境；在那种环境之下的，必不能跳出了那种环境，去描写出别种来。有人说，中国近来的小说，范围太狭，道恋爱只及于中学的男女学生，讲家庭不过是普通琐屑的事，谈人道只有黄包车夫给人打等等。实在这不是中国人没有能力去做好些，这实在是现在的作家的环境如此，作家要写下等社会的生活，而他不过见黄包车夫给人打这类的事，他怎样能写别的？

（三）时代。这字或是译得不好。英文叫Epoch，连时代的思潮，社会情形等都包括在内。或者说时势，比较近些。我们现在大家都知道有"时代精神"这一句话。时代精神支配着政治、哲学、文学、美术等等，犹影之与形。各时代的作家所以各有不同的面目，是时代精神的缘故；同一时代的作家所以必有共同一致的倾向，也是时代精神的缘故。自然也有例外，但大体总是如此的。我们常听人说，两汉有两汉的文风，魏晋有魏晋的文风……就是因为两汉有两汉的时代精神，魏晋有魏晋的时代精神。近代西洋的文学是写实的，就因为近代的时代精神是科学的。科学的精神重在求真，故文艺亦以求真为唯一目的。科学家的态度重客观的观察，故文学也重客观的描写。因为求真，因为重客观的描写，故眼睛里看见的是怎样一个样子，就怎样写。又因为尊重个性，所以大家觉得尽是特别或不好，不可因怕人不理会，就不说。心里怎样想，口里就怎样说，老老实实，不可欺人。这是近世时代精神表见于文艺上的例子。

（四）作家的人格（Personality）。作家的人格，也甚重要。革命的人，一定做革命的文学，爱自然的，一定把自然融化在他的文学里，俄国托尔斯泰的人格，坚强特异，也在他的文学里表现出来。大文学家的作品，哪怕受时代环境的影响，总有他的人格融化在里头。法国法朗士（Anatole France）说，"文学作品，严格地说，都是作家的自传。……"就是这个意思了。

以上是西洋人的议论，中国古来虽没有这种议论，但是我们看中国文学，也拿这四项做根据。第一，中国文学，都表示中国人的性情：不喜现实，谈玄，凡事折中。中国的小说，无论好的坏的，末后必有个大团圆：这是不走极端的证据。关于人种一条，可以说没有违背。第二，环境更当然。中国文学的环境，自然都是中国的家庭社会。第三，时代的关系在中国似乎不很分明。但仔细看，也有的。讲旧文学的人说：同是赋，两汉的与魏晋的不同；同是诗，初唐盛唐晚唐也不同。李义山的无论哪一首诗，必不能放在初唐四杰的诗中。他们的诗，同是几个字缀成，同讲格律，只因时代不同，作品就迥然两样。《世说新语》的文字，在句法与文气上都与他书不同，《宋人语录》亦如此，与《水浒》不同，与《宣和遗事》又不同。这都可以说因为时代空气不同。非但思想不同，文气、格律也有不同。可见时代的影响，也很厉害。至于人格，真的作家，不是欺世盗名的，也有他们的人格在作品里。所以文学与人生的四项关系，在中国也不是例外了。

文学与人生简单的说明，不过如此。从这里，我们得到了一个教训，就是凡要研究文学，至少要有人种学的常识，至少要懂得这种文学作品产生时的环境，至少要了解这种文学作品产生时代的时代精神，并且要懂得这种文学作品的主人翁的身世和心情。

从牯岭到东京

一

有一位英国批评家说过这样的话：左拉因为要做小说，才去经验人生；托尔斯泰则是经验了人生以后才来做小说。

这两位大师的出发点何其不同，然而他们的作品却同样地震动了一世了！左拉对于人生的态度至少可说是"冷观的"，和托尔斯泰那样地热爱人生，显然又是正相反；然而他们的作品却又同样是现实人生的批评和反映。我爱左拉，我亦爱托尔斯泰。我曾经热心地——虽然无效地而且很受误会和反对，鼓吹过左拉的自然主义，可是到我自己来试做小说的时候，我却更近于托尔斯泰了。自然我不至于狂妄到自拟于托尔斯泰；并且我的生活、我的思想，和这位俄国大作家也并没几分的相像；我的意思只是：虽然人家认定我是自然主义的信徒，现在我许久不谈自然主义了，也还有那样的话，——然而实在我未尝依了自然主义的规律开始我的创作生涯；相反的，我是真实地去生活，经验了动乱中国的最复杂的人生的一幕，终于感得了幻灭的悲哀，人生的矛盾，在消沉的心情下，孤寂的生活中，而尚受生活执着的支配，想要以我的生命力的余烬从别方面在这迷乱灰色的人生内发一星微光，于是我就开始创作了。我不是为的要做小说，然后去经验人生。

在过去的六七年中，人家看我自然是一个研究文学的人，而且是自然主义的信徒；但我真诚地自白：我对于文学并不是那样的忠心不贰。那时候，我的职业使我接近文学，而我的内心的趣味和别的许多朋友——祝福这些朋友的灵魂——则引我接近社会运动。我在两方面都没专心；我在那时并没想起要做小说，更其不曾想到要做文艺批评家。

二

一九二七年夏，在牯岭养病；同去的本有五六个人，但后来他们都陆续下山，或更向深山探访名胜去了，只剩我一个病体在牯岭，每夜受失眠症的攻击。静听山风震撼玻璃窗格格地作响，我捧着发涨的脑袋读梅德林克（M. Maeterlinck）的论文集 *The Buried Temple*，短促的夏夜便总是这般不合眼地过去。白天里也许翻译小说，但也时时找尚留在牯岭或新近来的几个相识的人谈话。其中有一位是"肺病第二期"的云小姐。"肺病第二期"对于这位云小姐是很重要的；不是为的"病"确已损害她的健康，而是为的这"病"的黑影的威胁使得云小姐发生了时而消极时而兴奋的动摇的心情。她又谈起她自己的生活经验，这在我听来，仿佛就是中古的Romance——并不是说它不好，而是太好。对于这位"多愁多病"的云小姐，——人家这样称呼她，——我发生了研究的兴味；她说她的生活可以做小说。那当然是。但我不得不声明，我的已做的三部小说——《幻灭》，《动摇》，《追求》中间，绝对没有云小姐在内；或许有像她那样性格的人，但没有她本人。因为许多人早在那里猜度小说中的女子谁是云小姐，所以我不得不在此作一负责的声明，然而也是多么无聊的事！

可是，要做一篇小说的意思，是在牯岭的时候就有了。八月底回到上海，妻又病了，然而我在伴妻的时候，写好了《幻灭》的前半部。以后，妻的病好了，我独自住在三层楼，自己禁闭起来，这结果是完成了《幻灭》和其后的两篇——《动摇》和《追求》。前后十个月，我没有出过自家的大门；尤其是写《幻灭》和《动摇》的时候，来访的朋友也几乎没有；那时除了四五个家里人，我和世间是完全隔绝的。我是用了"追忆"的气氛去写《幻灭》和《动摇》；我只注意一点：不把个人的主观混进去，并且要使《幻灭》和《动摇》中的人物对于革命的感应是合于当时的客观情形。

三

在写《幻灭》的时候，已经想到了《动摇》和《追求》的大意，有两个主意在我心头活动：一是做成二十余万字的长篇，二是做成七万字左右的三个中篇。我那时早已决定要写现代青年在革命壮潮中所经过的三个时期：（1）革命前夕的亢昂兴奋和革命既到面前时的幻灭；（2）革命斗争剧烈时的动摇；（3）幻灭动摇后不甘寂寞尚思作最后之追求。如果将这三时期做一篇写，固然可以；分为三篇，也未始不可以。因为不敢自信我的创作力，终于分作三篇写了；但尚拟写第二篇时仍用第一篇的人物，使三篇成为断而能续。这企图在开始写《动摇》的时候，也就放弃了；因为《幻灭》后半部的时间正是《动摇》全部的时间，我不能不另用新人；所以结果只有史俊和李克是《幻灭》中的次要角色而在《动摇》中则居于较重要的地位。

如果在最初加以详细的计划，使这三篇用同样的人物，使事实衔接，成为可离可合的三篇，或者要好些。这结构上的缺点，我是深切地自觉到的。即在一篇之中，我的结构的松懈也是很显然。人物的个性是我最用心描写的；其中几个特异的女子自然很惹人注意。有人以为她们都有"模特儿"，是某人某人；又有人以为像这一类的女子现在是没有的，不过是作者的想象。我不打算对于这个问题有什么声辩，请读者自己下断语罢。并且《幻灭》，《动摇》，《追求》这三篇中的女子虽然很多，我所着力描写的，却只有二型：静女士，方太太，属于同型；慧女士，孙舞阳，章秋柳，属于又一的同型。静女士和方太太自然能得一般人的同情——或许有人要骂她们不彻底，慧女士，孙舞阳，和章秋柳，也不是革命的女子，然而也不是浅薄的浪漫的女子。如果读者并不觉得她们可爱可同情，那便是作者描写的失败。

四

《幻灭》是在一九二七年九月中旬至十月底写的，《动摇》是十一月初至十二月初写的，《追求》在一九二八年的四月至六月间写的。所以从《幻灭》至《追求》这一段时间正是中国多事之秋，作者当然有许多新感触，没有法子不流露出来。我也知道，如果我嘴上说得勇敢些，像一个慷慨激昂之士，大概我的赞美者还要多些罢；但是我素来不善于痛哭流涕剑拔弩张的那一套志士气概，并且想到自己只能躲在房里做文章，已经是可鄙的懦怯，何必再不自惭地偏要嘴硬呢？我就觉得躲在房里写在纸面的勇敢话是可笑的。想以此欺世盗名，博人家说一声"毕竟还是革命的"，我并不反对别人去这么做，但我自己却是一百二十分地不愿意。所以我只能说老实话：我有点幻灭，我悲观，我消沉，我都很老实地表现在三篇小说里。我诚实地自白：《幻灭》和《动摇》中间并没有我自己的思想，那是客观的描写，《追求》中间却有我最近的——便是做这篇小说的那一段时间——思想和情绪。《追求》的基调是极端的悲观；书中人物所追求的目的，或大或小，都一样地不能如愿。我甚至于写一个怀疑派的自杀——最低限度的追求——也是失败了的。我承认这极端悲观的基调是我自己的，虽然书中青年的不满于现状，苦闷，求出路，是客观的真实。说这是我的思想落伍了罢，我就不懂为什么像苍蝇那样向窗玻片盲撞便算是不落伍？说我只是消极，不给人家一条出路么，我也承认的；我就不能自信做了留声机吆喝着"这是出路，往这边来!"是有什么价值并且良心上自安的。我不能使我的小说中人有一条出路，就因为我既不愿意昧着良心说自己以为不然的话，而又不是大天才能够发见一条自信得过的出路来指引给大家。人家说这是我的思想动摇。我也不愿意声辩。我想来我倒并没有动摇过，我实在是自始就不赞成一年来许多人所呼号呐喊的"出路"。这出路之差不多成为"绝路"，现在不是已经证明得很明白?

所以《幻灭》等三篇只是时代的描写，是自己想能够如何忠实便如何忠实的时代描写；说它们是革命小说，那我就觉得很惭愧，因为我不能积极地指引一些什么——姑且说是出路罢!

因为我的描写是多注于侧面，又因为读者自己主观的关系，我就听得，看见，好几种不同的意见，其中有我认为不能不略加声辩者，姑且也写下来罢。

五

先讲《幻灭》。有人说这是描写恋爱与革命之冲突，又有人说这是写小资产阶级对于革命的动摇。我现在真诚地说：两者都不是我的本意。我是很老实的，我还有在中学校时做国文的习气，总是粘住了题目做文章的；题目是"幻灭"，描写的主要点也就是幻灭。主人公静女士当然是一个小资产阶级的女子，理智上是向光明，"要革命的"，但感情上则每遇顿挫便灰心；她的灰心也是不能持久的，消沉之后感到寂寞便又要寻求光明，然后又幻灭；她是不断地在追求，不断地在幻灭。她在中学校时代热心社会活动，后来幻灭，则以专心读书为遁逃薮，然而又不耐寂寞，终于跌入了恋爱，不料恋爱的幻灭更快，于是她逃进了医院；在医院中渐渐地将恋爱的幻灭的创伤平复了，她的理智又指引她再去追求，乃要投身革命事业。革命事业不是一方面，静女士是每处都感受了幻灭；她先想做政治工作，她做成了，但是幻灭；她又干妇女运动，她又在总工会办事，一切都幻灭。最后她逃进了后方病院，想做一件"问心无愧"的事，然而实在是逃避，是退休了。然而她也不能退休寂寞到底，她的追求憧憬的本能再复活时，她又走进了恋爱。而这恋爱的结果又是幻灭——她的恋人强连长终于要去打仗，前途一片灰色。

《幻灭》就是这么老实写下来的。我并不想嘲笑小资产阶级，也不想以静女士作为小资产阶级的代表；我只写一九二七年夏秋之交一般人对于革命的幻灭；在以前，一般人对于革命多少存点幻想，但在那时却幻灭了；革命未到的时候，是多少渴望，将到的时候是如何的兴奋，仿佛明天就是黄金世界，可是明天来了，并且过去了，后天也过去了，大后天也过去了，一切理想中的幸福都成了废票，而新的痛苦却一点一点加上来了，那时候每个人心里都不禁叹一口气："哦，原来是这么一回事！"这就来了幻灭。这是普遍的，凡是真心热望着革命的人们都曾在那时候有过这样一度的幻灭；不但是小资产阶级，并且也有贫苦的工农。这是幻灭，不是动摇！幻灭以后，也许消极，也许更积极，然而动摇是没有的。幻灭的人对于当前的骗人的事物是看清了的，他把它一脚踢开；踢开以后怎样呢？或者从此不管这些事；或者是另寻一条路来干。只是尚执着于那事物而不能将它看个彻底的，然后会动摇起来。所以在《幻灭》中，我只写"幻灭"；静女士在革命上也感得了一般人所感得的幻灭，不是动摇！

同样的，《动摇》所描写的就是动摇，革命斗争剧烈时从事革命工作者的动摇。这篇小说里没有主人公；把胡国光当作主人公而以为这篇小说是对于机会主义的攻击，在我听来是极诧异的。我写这篇小说的时候，自始至终，没有机会主义这四个字在我脑膜上闪过。《动摇》的时代正表现中国革命史上最严重的一期，革命观念革命政策之动摇，——由"左"倾以至发生"左"稚病，由救济"左"

稚病以至右倾思想的渐抬头，终于为大反动。这动摇，也不是主观的，而有客观的背景；我在《动摇》里只好用了侧面的写法。在对于湖北那时的政治情形不很熟悉的人自然是茫然不知所云的，尤其是假使不明白《动摇》中的小县城是哪一个县，那就更不会弄得明白。人物自然是虚构，事实也不尽是真实：可是其中有几段重要的事实是根据了当时我所得的不能披露的新闻访稿的。像胡国光那样的投机分子，当时很多；他们比什么人都要"左"些，许多惹人议论的"左"倾幼稚病就是他们干的。因为这也是"动摇"中一现象，所以我描写了一个胡国光，既没有专注意他，更没半分意思攻击机会主义。自然不是说机会主义不必攻击，而是我那时却只想写"动摇"。本来可以写一个比他更大更凶恶的投机派，但小县城里只配胡国光那样的人，然而即使是那样小小的，却也残忍得可怕：捉得了剪发女子用铁丝贯乳游街然后打死。小说的功效原来在借部分以暗示全体，既不是新闻纸的有闻必录，也不同于历史的不能放过巨奸大憝。所以《动摇》内只有一个胡国光；只这一个，我觉得也很够了。

方罗兰不是全篇的主人公，然而我当时的用意确要将他作为《动摇》中的一个代表。他和他的太太不同。方太太对于目前的太大的变动不知道怎样去应付才好，她迷惑而彷徨了；她又看出这动乱的新局面内包孕着若干矛盾，因而她又微感幻灭而消沉，她完全没有走进这新局面新时代，她无所谓动摇与否。方罗兰则相反；他和太太同样地认不清这时代的性质，然而他现充着党部里的要人，他不能不对付着过去，于是他的思想行动就显得很动摇了。不但在党务在民众运动上，并且在恋爱上，他也是动摇的。现在我们还可以从正面描写一个人物的政治态度，不必像屠格涅夫那样要用恋爱来暗示；但描写《动摇》中的代表的方罗兰之无往而不动摇，那么，他和孙舞阳恋爱这一段描写大概不是闲文了。再如果想到《动摇》所写的是"动摇"，而方罗兰是代表，胡国光不过是现象中间一个应有的配角，那么，胡国光之不再见于篇末，大概也是不足为病罢！

我对于《幻灭》和《动摇》的本意只是如此；我是依这意思做去的，并且还时时注意不要离开了题旨，时时顾到要使篇中每一动作都朝着一个方向，都为促成这总目的之有机的结构。如果读者所得的印象而竟全都不是那么一回事，那就是作者描写的失败了。

六

《追求》刚在发表中，还没听得什么意见。但据看到第一二章的朋友说，是太沉闷。他们都是爱我的。他们都希望我有震慑一时的杰作出来，他们不大愿意我有这缠绵幽怨的调子。我感谢他们的厚爱。然而同时我仍旧要固执地说，我自己很爱这一篇，并非爱它做得好，乃是爱它表现了我的生活中的一个苦闷的时期。上面已经说过，《追求》的著作时间是在本年四月至六月，差不多三个月；这并不比《动摇》长，然而费时多至二倍，除去因事搁起来的日子，两个月是十足有的。所以不能进行得快，就因为我那时发生精神的苦闷，我的思想在片刻之间会有好几次往复的冲突，我的情绪忽而高亢灼热，忽而跌下去，冰一般冷。这是因为我在那时会见了几个旧友，知道了一些痛心的事，——你不为威武所屈的人也许会因亲爱者的乖张使你失望而发狂。这些事将来也许会有人知道的。这使得我的作品有一层极厚的悲观色彩，并且使我的作品有缠绵幽怨和激昂奋发的调子同时并在。《追求》就是这么一件狂乱的混合物。我的波浪似的起伏的情绪在笔调中显现出来，从第一页以至最末页。

这也是没有主人公的。书中的人物是四类：王仲昭是一类，张曼青又一类，史循又一类，章秋柳、曹志方等又为一类。他们都不甘昏昏沉沉过去，都要追求一些什么，然而结果都失败；甚至于史循要自杀也是失败了的。我很抱歉，我竟做了这样颓唐的小说，我是越说越不成话了。但是请恕我，我实在排遣不开。我只能让它这样写下来，作一个纪念；我决计改换一下环境，把我的精神苏醒过来。

我已经这么做了，我希望以后能够振作，不再颓唐；我相信我是一定能的，我看见北欧运命女神中间的一个很庄严地在我面前，督促我引导我向前！她的永远奋斗的精神将我吸引着向前！

七

最后，说一说我对于国内文坛的意见，或者不会引起读者的讨厌罢。

从今年起，烦闷的青年渐多读文艺作品了；文坛上也起了"革命文艺"的呼声。革命文艺当然是一个广泛的名词，于是有更进一步直截说出明日的新的文艺应该是无产阶级文艺。但什么是无产阶级文艺呢？似乎还不见有极明确的介绍或讨论；因为一则是不便说，二则是难得说。我惭愧得很，不曾仔细阅读国内的一切新的文艺定期刊，只就朋友们的谈话中听来，好像下列的几个观点是提倡革命文艺的朋友们所共通而且说过了的：（1）反对小资产阶级的闲暇态义，个人主义；（2）集体主义；（3）反抗的精神；

（4）技术上有倾向于新写实主义的模样（虽然尚未见有可说是近于新写实主义的作品）。

主张是无可非议的，但表现于作品上时，却亦不免未能适如所期许。就过去半年的所有此方向的作品而言，虽然有一部分人欢迎，但也有更多的人摇头。为什么摇头？因为他们是小资产阶级么？如果有人一定要拿这句话来闭塞一切自己检查自己的路，那我亦不反对。但假如还觉得这么办是类乎掩耳盗铃的自欺，那么，虚心的自己批评是必要的。我敢严正地说，许多对于目下的"新作品"摇头的人们，实在是诚意地赞成革命文艺的，他们并没有你们所想象的小资产阶级的惰性或执拗，他们最初对于那些"新作品"是抱有热烈的期望的，然而他们终于摇头，就因为"新作品"终于自己暴露了不能摆脱"标语口号文学"的拘囿。这里就来了一个问题："标语口号文学"——注意，这里所谓"文学"二字是文义的，犹之Socialist Literature[①]一语内之Literature——是否有文艺的价值。我们空口议论，不如引一个外国的来为例。一九一八年至一九二二年顷，俄国的未来派制造了大批的"标语口号文学"，他们向苏俄的无产阶级说是为了他们而创造的，然而无产阶级不

[①] Socialist Literature，社会主义文学。

领这个情，农民是更不客气地不睬他们；反欢迎那在未来派看来是多少有些腐朽气味的倍特尼和皮尔涅克。不但苏俄的群众，莫斯科的领袖们如布哈林，卢那却尔斯基，托洛茨基，也觉得"标语口号文学"已经使人讨厌到不能忍耐了。为什么呢？难道未来派的"标语口号文学"还缺少着革命的热情么？当然不是的。要点是在人家来看文学的时候所希望的，并非仅仅是"革命情绪"。

我们的"新作品"即使不是有意地走入了"标语口号文学"的绝路，至少也是无意地撞了上去了。有革命热情而忽略于文艺的本质，或把文艺也视为宣传工具——狭义的——或虽无此忽略与成见而缺乏了文艺素养的人们，是会不知不觉走上了这条路的。然而我们的革命文艺批评家似乎始终不曾预防到一着。因而也就发生了可痛心的现象：被许为最有革命性的作品却正是并不反对革命文艺的人们所叹息摇头的。"新作品"之最初尚受人注意而其后竟受到摇头，这便是一个解释，不能专怪别人不革命。这是一个真实，我们应该有勇气来承认这真实，承认这失败的原因，承认改进的必要！

这都是关于革命文艺本身上的话，其次有一个客观问题，即今后革命文艺的读者的对象。或者觉得我这问题太奇怪。但实在这不是奇怪的问题，而是需要用心研究的问题。一种新形式新精神的文艺而如果没有相对的读者界，则此文艺非萎枯便只能成为历史上的奇迹，不能成为推动时代的精神产物。什么是我们革命文艺的读者对象？或许有人要说，被压迫的劳苦群众。是的，我很愿意我很希望，被压迫的劳苦群众"能够"做革命文艺的读者对象。但是事实上怎样？请恕我又要说不中听的话了。事实上是你对劳苦群众呼吁说"这是为你们而作"的作品，劳苦群众并不能读，不但不能读，即使你朗诵给他们听，他们还是不了解。他们有他们真心欣赏的"文艺读物"，便是滩簧小调花鼓戏等一类你所视为含有毒质的东西。说是因此须得更努力作些新东西来给他们么？理由何尝不正确，但事实总是事实，他们还是不能懂得你的话，你的太欧化或是太文言化的白话。如果先要使他们听懂，惟有用方言来做小说，编戏曲，但不幸"方言文学"是极难的工作，目下尚未有人尝试。所以结果你的"为劳苦群众而作"的新文学是只有"不劳苦"的小资产阶级知识分子来阅读了。你的作品的对象是甲，而接受你的作品的不得不是乙；这便是最可痛心的矛盾现象！也许有人说："这也好，比没有人看好些。"但这样的自解嘲是不应该有的罢！你所要唤醒而提高他们革命情绪的，明明是甲，而你的为此目的而做的作品却又明明不能到达甲的面前，这至少也该说是能力的误费罢？自然我不说竟可不做此类的文字，但我总觉得我们也该有些作品是为了我们现在事实上的读者对象而做的。如果说小资产阶级都不革命，所以对他们说话是徒劳，那便是很大的武断。中国革命是否竟可抛开小资产阶级，也还是一个费人研究的问题。我就觉得中国革命的前途还不能全然抛开小资产阶级。说这是落伍的思想，我也不愿多辩；将来的历史会有公道的证明。也是基于这一点，我以为现在的"新作品"在题材方面太不顾到小资产阶级了。现在差不多有这么一种倾向：你做一篇小说为劳苦群众的工农诉苦，那就不问如何大家齐声称你是革命的作家；假如你为小资产阶级诉苦，便几乎罪同反革命。这是一种很不合理的事！现在的小资产阶级没有痛苦么？他们不被压迫么？如果他们确是有痛苦，被压迫，为什么革命文艺者要将他们视同化外之民，不屑污你们的神圣的笔尖呢？或者有人要说，"革命文艺"也描写小资产阶级青年的各种痛苦；但是我要反问：曾有什么作品描写小商人，中小农，破落的书香人家……所受到的痛苦么？没有呢，绝对没有！几乎全国十分之六，是属于小资产阶级的中国，然而它的文坛上没有表现小资产阶级的作品，这不能不说是怪现象罢！这仿佛证明了我们的作家一向只忙于追逐世界文艺的新潮，几乎成为东施效颦，而对于自己家内有什么主要材料这问题，好像是从未有过一度的考量。

我们应该承认：六七年来的"新文艺"运动虽然产生了若干作品，然而并未走进群众里去，还只是青年学生的读物；因为"新文艺"没有广大的群众基础为地盘，所以六七年来不能长成为推动社会的势力。现在的"革命文艺"则地盘更小，只成为一部分青年学生的读物，离群众更远。所以然的缘故，即在新文艺忘记了描写它的天然的读者对象。你所描写的都和他们（小资产阶级）的实际生活相隔太远，你的用语也不是他们的用语，他们不能懂得你，而你却怪他们为什么专看《施公案》、《双珠凤》等等无聊东西，硬说他们是思想太旧，没有办法；你这主观的错误，不也太厉害了一点儿么？如果你能够走进他们的生活里，懂得他们的情感思想，将他们的痛苦愉乐用比较不欧化的白话写出来，那即使你的事实中包孕着绝多的新思想，也许受他们骂，然而他们会喜欢看你，不会像现在那样掉头不顾了。所以现在为"新文艺"——或是勇敢点说，"革命文艺"的前途计，第一要务在使它从青年学生中间出来走入小资产阶级群众，在这小资产阶级群众中植立了脚跟。而要达到此点，应该先把题材转移到小商人、中小农等等的生活。不要太多的新名词，不要欧化的句法，不要新思想的说教似的宣传，只要质朴有力的抓住了小资产阶级生活的核心的描写！

　　说到这里，就牵连了另一问题，即文艺描写的技巧这问题。关于此点，有人在提倡新写实主义。曾在广告上看见《太阳》七月号上有一篇详论《到新写实主义的路》，但未见全文，所以无从知道究属什么主张。我自己有两年多不曾看西方出版的文艺杂志，不知道新写实主义近来有怎样的发展；只就四五年前所知而言（曾经在《小说月报》上有过一点介绍，大约是一九二四年的《海外文坛消息》，文题名《俄国的新写实主义》），新写实主义起于实际的逼迫；当时俄国承白党内乱之后，纸张非常缺乏，定期刊物或报纸的文艺栏都只有极小的地位，又因那时的生活是紧张的疾变的，不宜于弛缓迂回的调子，那就自然而然产生了一种适合于此种精神律奏和实际困难的文体，那就是把文学作品的章段字句都简练起来，省去不必要的环境描写和心理描写，使成为短小精悍，紧张，有刺激性的一种文体，因为用字是愈省愈好，仿佛打电报，所以最初有人戏称为"电报体"，后来就发展成为新写实主义。现在我们已有此类作品的译本，例如塞门诺夫的《饥饿》。虽然是转译，损失原来神韵不少，然而大概的面目是可以看得出来的。

　　所以新写实主义不是偶然发生的，也不是因为要对无产阶级说法，所以要简练些。然而是文艺技巧上的一种新型，却是确定了的。我们现在移植过来，怎样呢？这是个待试验的问题。但有两点是可以先来考虑一下的。第一是文字组织问题。照现在的白话文，求简练是很困难的；求简便入于文言化。这大概是许多人自己经验过来的事。第二是社会活用语的性质这问题。那就是说我们所要描写的那个社会阶级口头活用的语言是属于繁复拖沓的呢，或是属于简洁的。我觉得小商人说话是习惯繁复拖沓的。几乎可说是小资产阶级全属如此。所以简练了的描写是否在使他们了解上发生困难，也还是一个疑问。至于紧张的精神律奏，现在又显然地没有。

最为一般小资产阶级所了解的中国旧有的民间文学，又大都是繁复缓慢的。姑以"说书"为例。你如果到过"书场"，就知道小资产阶级市民所最欢迎的"说书人"是能够把张飞下马——比方地说——描写至一二小时之久的那样繁重细腻的描写。

所以为要使我们的新文艺走到小资产阶级市民的队伍去，我们的描写技术不得不有一度改造，而是否即是"向新写实主义的路"，则尚待多方的试验。

就我自己的意见说：我们文艺的技术似乎至少须先办到几个消极的条件，——不要太欧化，不要多用新术语，不要太多了象征色彩，不要从正面说教似的宣传新思想。虽然我是这么相信，但我自己以前的作品却就全犯了这些毛病，我的作品，不用说只有知识分子看看的。

八

已经说得很多，现在来一个短短的结束罢。

我相信我们的新文艺需要一个广大的读者对象，我们不得不从青年学生推广到小资产阶级的市民，我们要申诉他们的痛苦，我们要激动他们的情热。

为要使新文艺走进小资产阶级市民的队伍，代替了《施公案》、《双珠凤》等，我们的新文艺在技巧方面不能不有一条新路；新写实主义也好，新什么也好，最要的是使他们能够了解不厌倦。

悲观颓丧的色彩应该消灭了，一味地狂喊口号也大可不必再继续下去了，我们要有苏生的精神，坚定地勇敢地看定了现实，大踏步往前走，然而也不流于鲁莽暴躁。

我自己是决定要试走这一条路：《追求》中间的悲观苦闷是被海风吹得干干净净了，现在是北欧的勇敢的运命女神做我精神上的前导。但我自然也知道自己能力的薄弱，没有把文坛推进一个新基础那样的巨才，我只能依我自己的信念，尽我自己的能力去做，我又只能把我的意见对大家说出来，等候大家的讨论，我希望能够反省的文学上的同道者能够一同努力这个目标。

1928年7月16日，东京

致文学青年

做这篇文章的人，也是常常欢喜就文学方面发表些意见，并且常常自以为血管中尚留存着青年的情热，常常还有些"狂戆"的举动。以这"资格"，——如果你说这也算是"资格"，敢对青年们之爱好文艺或志愿文艺者说几句话。

任何人都有爱好文艺的性习。一个推小车的苦力，如果他的经济情形许可，在劳役之后到茶馆里去听《水浒》，或是到游戏场内去看"笃笃班"，便是他的爱好文艺的性习的表现。乡间社戏，草台前挤满了焦脸黄泥腿的农村劳动者，在他们的额上皱纹的一舒展间，也便表现出他们的爱好文艺的性习。自然，你很可以说茶馆里的说书者，游戏场内的绍兴"笃笃班"，乡间农忙后的神戏一台，都是趣味低劣，都不合于咱们现在所谓"文艺"的条件，但是请不要忘记，这并不是因为他们（推小车的苦力，乡村的劳农，等等）天生成了只有低劣趣味的爱好文艺的性习，而是因为他们并不像你和我一样是少爷出身，受过文化的教养，生活在"高贵的"趣味中，并且社会所供给的能够适合于他们经济状况的娱乐（就是他们还能够勉强负担的娱乐费），也只有那样趣味低劣的货色。除了这因为经济条件而生的差别以外，他们在听《水浒》，看"笃笃班"时所表现的爱好文艺的性习并不和你们看"高贵"趣味的文艺作品时的爱好文艺性习有什么本质上的差别。

再进一层言，他们是一般地对于文艺作品（你不要笑，请暂时为说述方便计，把文艺作品这头衔借给茶馆的说书，游戏场内的"笃笃班"等等一类罢）的态度很严肃。他们上书场，听"笃笃班"，看社戏，并非完全为了娱乐，为了消遣，他们是下意识地怀着一个目的——要理解他们所感得奇怪的人生及其究极，他们常常有勇敢的批评的精神。（再请你不要笑，我们把庄严的"批评"这术语，也慷慨一下罢）从前有一本笔记小说记述扮演曹操的戏子被看戏的农民当场用斧砍杀，便可以说明他们有勇敢的批评的精神，他们把戏文当作真实的人生来认识，他们看戏时的态度异常严肃。这种严肃的态度，勇敢的批评的精神，便是爱好文艺的性习之最健全的活动。反之，把文艺的作品当作消遣，当作"借酒浇愁"，当作只是舞台上纸面上的离合悲欢，那便是爱好文艺的性习之十足的病态的表现，那也只有少爷出身，受过文化的教养，生活在高贵的趣味中的人们才会有这病态。

所以，我再说一遍，任何人都有爱好文艺的性习。青年的你们，在这危疑震撼的时代，社会层处处露出罅裂，人生观要求改造的时代，爱好文艺，自是理之必然。我并不以为青年爱好文艺，便是青年感情浮动的征象，我更不以为青年爱好文艺便是青年缺乏科学头脑的征象。是的，我们不应该笼统地反对青年们之爱好文学，我们应该反对的，是青年们中间尚犹不免的对于文学的病态，——没有严肃的态度和批评的精神。我们尤其不能不反对的，是把"爱好文艺"当作个人的"志向"！曾听说某地中学入学试验中有"试各言尔志"那样意义的题目，结果有许多答案是"爱好文艺"。这显然是把"爱好文艺"的意义误解了。爱好文艺是人类的本能（这里所用"文艺"二字是广义的），自原始人即已然。如果说一个人"志在文艺"，那就是另一件事了。我们自然不赞成现代青年都"志在文艺"，同时我们也反对抑制人类的爱好文艺的本能。问题是：第一，千万不要把"爱好文艺"误为个人的"立志"；第二，即使是意识地要"立志"在文艺，也不可以随随便便就"立"。

这里，就到了又一句常常接触着我们的耳朵的青年们常有的问话：怎样研究文学？这问句的意义就表示问者已经"立志"研究文艺，故而来询问方法了。"立志"总是可嘉的，但"志"在某事件的先决条件是对于某事件先须有一个充分的知识，不然，就是随随便便的"立"，不幸我们在"怎样研究文学"的发问中很可以嗅出随随便便的"立"。

"研究文学"一语，现在常被含糊地使用。这结果便是青年们对于文学的"志"随随便便地"立"。应该把"研究文学"一语先有基本的分析。必须先得认明"研究文学"这一语至少含有两方面不同的工作：一是把文学当作一种科学而研究，又一便是写撰文艺作品，普通所谓"创作"，前者探讨文艺之史的发展，文艺之社会的意义，文艺之时代的构成的因素，就是把文艺当作社会现象之一，因而文艺这特殊学科也就成了社会科学之一。由这样的理解来研究文学也就和研究其他社会科学（就是社会现象之各个特殊部门）一样，可以是一个人终身攻治的事业。这样的终身事业，不但需要一个人毕生的精力，并且还需要有利的环境，例如学习必要知识时的经济的支持（换一句具体的话，就是进大学校文学史科的经济能力），以及研究时期的材料的供给（譬如在没有公共的完备的图书馆的中国，你就不能不自己设法去弄到各种旧有的或新出的书籍）。因而这个"研究文学"的"志"也就不能随随便便地"立"起来。其次，写撰文艺作品，做"创作家"；我觉得一般青年所谓"研究文艺"大概是指这方面而言。粗看起来，这个"志"不难"立"。只要有笔，有墨，有纸，有时间，你就可以写作。并且在这知识分子失业恐慌极严重的现在中国，青年知识者当然觉得还是选择这项"没本钱的生意"，较胜于奴颜婢膝地求职业以及暮夜苞苴地谋差使了。这样"立志"在写作文艺作品以为谋生之道，谁也不能非难他的，可是我们不能不说他这计划必将失败，他将饿死了结。如果他"立志"要做一个有点社会意义的作者，那么他的饿死更快！因为中国的社会还没有从"低劣趣味"中完全挣扎出来，因为中国的文坛还没走上正确发展的轨道，因为中国读者的购买力非常薄弱。如果你的"志"在文艺创作并不是谋生之道，你有你所专门攻研的学业，你有养活你身体的职业，你只是固有的创造欲要求发泄，那就是另一个问题了。原则上我很赞成这样的"志"在文艺。但也不是说你有了养活你的职业，你又有时间，你在茶余酒后创作本能要求发泄的时候，你有笔有墨有纸，你就可以写作了。不是的！如果你并没把文艺作品当作消遣，当作个人的愁垒牢块笑影啼痕的影片，而是很严肃地认识了文艺的意义的，那么事情就不该这样办。自然我们并不以为文艺是什么艺术之神的神庙里的神秘的东西，我们也不承认什么创作家一定有他的天才或灵感一类的鬼话，我们承认一个推小车的苦力在休息时对他的伙伴们所说述的一个故事，也可以有文艺的价值；但是我们很反对那些没有深切的人生意义和社会价值的个人情感的产物，我们更反对那些彻头彻尾以游戏的态度去观察人生而且写成的文艺作品。认真想使自己的作品对于社会有贡献的态度正确的有志文艺者在动手创作之前，必须有充分的修养。首先他应该认明社会这机构的发展的方向；如果他已经能够在社会现象中看到矛盾或不平衡，那么他应该认明白这矛盾或不平衡正是旧的社会机构经过烂熟而达于崩溃这阶段时必然的现象，并且他应该了解惟有新机构的产生才能造成新的和谐与平衡。是的，他应得从深处去分析人生，去理解人生；他应得认明人类历史的进化的路线，并且了解自己对于人类和社会的使命。具体说，他一定得努力探求人们每一行动之隐伏的背景，探索到他们的社会关系和经济的基础。仅仅有丰富的人生经验是不够的，主要的是他对于他的经验有怎样的理解，因而他在动手创作之前不能不先有理解社会现象的能力，就是他不能不先有那解释社会现象的社会科学的知识。除这而外，自然还有艺术上的修养；他可以从古代的作家学习描写的艺术，但应该记好，这该是朴质有力明快的描写手法，而不是那些以诡奇的形式掩盖了贫乏的内容的作品。

如果青年们的"怎样研究文艺"的发问是"怎样准备创作"的代用语，那么，我的回答便如上述。充分的修养。慎勿轻率！慎勿认为作家的一篇作品是产于一时的"灵感"！绝对不是的！没有什么神妙的灵感，只是对于社会现象的深湛的理解和精密的分析！慎勿认为一切的所见所闻都有文艺作品材料的价值！绝对不是的！只有那些能够表现出社会动乱之隐伏的背景的人生材料才有价值！最后，我再说一遍，打算以撰写文艺作品为谋生之道，在现代恰就是饿死之道，而且直到死时也不会得到社会上大多数人的同情！

再说一遍，任何人都有爱好文学的性习，所以任何人应该养成正确地理解文艺作品的能力（关于这点，我希望以后有机会再说），只有老顽固才反对青年看小说看戏曲；但并不是就说每个青年都应该以文学为事业。如果现代大多数青年当真在打算做文学家，那就不折不扣是混乱的现中国的严重的病态！如果我们只认为是青年本身之过失，那就和浅薄的小说家一样只看到事物的表面罢了！

我没有看见写信给《中学生》杂志询问"怎样研究文学"的打算做文学家的青年是怎样措词。因而我无从知道他们的动机是什么。但是我们不妨猜想一下，可能的动机是两个：一是上面已经说过的知识青年既无祖遗的财产又感到求职的困难，因而转念及此"不要本钱的生意"。这是一个经济的动机，我们上面已经论及，此处可以不必再说了。其二是并没生活的恐慌，徒因"爱好"文艺而要为文学家，在人各有其所好这一点上，我们亦未便厚非。这两种可能的动机都还是情理之常。可是只此二动机，决不会是大多数青年都想做文学家。如果当真是大多数青年想做文学家，那一定另有其原因了。于是我们的猜测也不能不转到不大名誉的一方面，就是所说："浮而不实"。本来做文艺作家并不是轻而易举的事，如上文所述，一个文艺作家的修养很要费些苦心。但是因为中国社会直到现在还缺乏普遍的严肃的文学观念，一般人尚认为只要有笔，有墨，有纸，有时间，能写，就可以创作，于是同样地染着这种错误观念的一部分青年便觉得世间事无若文学家之轻而易举而且名利双收了。这种观念便是"浮而不实"的注脚。我们毋须讳言，志在文艺的青年中间不免有一部分是染有这样的错误观念而且这样错误地想做文学家。在这种错误观念之下，一定不能产生真正的有价值的文学家。反过来说，非待社会里已经普遍地有了正确的严肃的文学观，这种错误地想做文学家的观念一定不能在青年中绝灭。所以如果忧虑着这种"浮而不实"的想做文学家的动机之蔓延为有害于青年，只有更加努力于正确的严肃的文学观念之传布深入，才是对症的良药！如果想用大家不谈文学的方法来阻止这弊害，那也是很错误的见解。

人们也还有这样一个猜测：中国是产业不发达，自然科学不发达，政治是乱糟糟，因而有才智的青年便感觉到如果学习他种学科将有学成而无所施其巧的痛苦，因而都选择了文学这一条路了。这个猜测，原亦有相当的理由，可是仅仅相当的理由而已，并且事实上并不如此。事实上是近十年来头脑清楚才智卓越的青年都干政治运动去了，而且殉身于政治运动的，亦已经很多很多了。即使有感得他无可为而要献身于文艺的青年，大概只是青年中之缺乏刚毅猛鸷的气质而不适宜于政治运动的一流罢。然而这样的人大概亦不会是很多的罢！

所以我们把好为文学家的青年之可惊的多，当作一个社会现象来看，我们粗可分析为如上述的四个原因。而此四原因中，一三两原因都表示了混乱的现代中国的严重的病态。特别是第三原因是牵连到文学界本身之尚未健全。我们不愿认为青年本身的过失，但是也不能不说对于文学的错误的认识（认为世间事无若做文学家之轻而易举而且名利双收），应该由迫切地追问着"怎样研究文学"的青年来共同努力矫正才好！

1931年3月16日

我的中学生时代及其后[1]

时常这么想：如果我现在又是个中学生，够多么快活！

我时常希望在梦中我又是中学生；我居然又可以整天跑，嚷，打架，到晚上睡在硬板铺上丝毫不感困难地便打起鼾来，居然又可以熬夜预备大考，把大捆的讲义都强记着，然后又在考试过后忘记得精光；居然又可以坐在天桥上和同学们毫无顾忌地谈自己的野心，幼稚地然而赤诚地月旦[2]人物。呵呵！热烈愉快的中学生时代！前程远大的中学生时代！在那时，如果有谁不觉得整个世界是他的，那

---

[1] 选自《学生时代》（鲁迅等著），力行文学研究社1941年出版。

[2] 月旦，指品评人物。

他一定不是好中学生，我敢说！

然而我始终未尝在梦中再为中学生，甚至中学时的同学也不曾梦见半个。不过是十多年呢，然而抵得过一百年的沧桑多变的这十多年，已经去的远远，已经不能再到梦中来使我畅笑，使我痛哭，使我自负到一定要吞下整个世界！

是的，吞下整个世界！是中学生，一定得有这个气魄：有一个挨得起饿，受得起冻，经得起跌打的身体，有一个不怕风吹，不会失眠，不知道什么叫做晕眩的脑袋，还有，二三十年大好的光阴，原封不动地叠在他前面，他自己将来的一切，社会将来的一切，人类将来的一切，都操在他手里，都等待他去努力创造，他怎么可以自己菲薄？

遇到了年青的朋友时，我总喜欢听他们谈他们的中学生活。听到了他们这时代所特有的斗争生活的紧张和快活，我常常为之神往；再听到了他们这时代所特有的青年的苦闷，我又常常为之兴奋而惆怅。不错，现代的青年，尤其是前程远大的宝贝的中学生，都不免有些苦闷，都曾经有过一度的苦闷；始终不感得此苦闷者，若非"超人"，便是浑浑噩噩的傻瓜。超人非此世所有，因而只有好中学生才会有苦闷，有一时的苦闷罢？这是我们当此受难时代所不得不经过的"洗礼"呀！时代的特征就是每一个造化的青年必得经过一度苦闷。应该欢迎这苦闷，然后再战胜这苦闷，十分元气地要吞下全世界似的向前向前，干着干着，创造你自己将来的一切，社会将来的一切，和人类将来的一切罢！

斗争的生活使你干练，苦闷的煎熬使你醇化；这是时代要造成青年为能担负历史使命的两件法宝。

在我的中学生时代，却没有福气来身受这两件法宝的熏陶。相差不过十多年呀，然而我的中学生时代是灰色的平凡的，只把人煨成了恂恂①小丈夫的气度。在我的中学生时代，没有发生过一件事情，使我现在回想起来还感受着兴奋和震荡。也许就是为此我始终不再梦见我的中学生时代了。

我的中学生时代是灰色的，平凡的；没有现在的那许多问题要求我们用脑力思考，也没有现在的那许多斗争来磨炼我们的机智胆略。学校生活的最大的浪花是把年青的美貌的一年级同学称为Face而争着和他做朋友，争着诌七言的歪诗来赞颂他，或是嘲笑那些角逐中的对方。我经历过三个中学校，浙西三府的三个中学校，我的最可宝贵的中学生时代也就在这样灰色的空气中滑了过去。如果一定

---

① 恂恂，温顺恭敬的样子。

要找出这三个中学校曾经给与我些什么，现在心痛地回想起来，是这些个：书不读秦汉以下，骈文是文章之正宗；诗要学建安七子；写信拟六朝人的小札；举止要风流潇洒；气度要清朗疏狂，……当时固然没有现在那些新杂志新书报，即使也有一二种那时所谓新的，我们也视为俗物，说它文章不通，字非古意。在大考时一夜的"抱佛脚"中，我们知道了欧洲有那些国，那些战争，和中国有那些条约，有所谓法国大革命，拿破仑，普法战争，日俄战争，然而我们照例是过了大考就丢在脑后去了。世间有所谓社会科学，我们不知道，且也不愿意去知道。是在这样的畸形闭塞的空气中，我度过了我的中学生生活，这结果使我现在只能坐在这里写文章，过所谓"文士生涯"。

那时我们亦无所谓"苦闷"。苦闷的人是有福的，因为这是思想展开到某种程度的征象。因为通过了这一时期的苦闷，他的思想就会得确定。他将无往而不勇敢，而不愉快。我们的中学时代却只有浑噩，至多不过时发牢骚，一种学来的牢骚；太息于前辈风流不可再见，叔季之世①无由复闻"正始之音②"那种无聊的非青年人所宜有的牢骚。

---

① 叔季之世，比喻国家衰落将亡的时代。

② 正始之音，指出现于三国魏正始年间的玄谈风气。

中学毕业的上一年，"辛亥革命"来了。住在沪杭铁路中段，每天可以接读上海报纸的中学生的我们，大概也有些兴奋罢？人概有一点。因为我们也时常到车站上买旅客手里带着的上海报，并且都革去了辫子了。然而这兴奋既无明确的意识的内容，并且也消灭的很快。第一个阳历元旦，在府学明伦堂上开了什么市民大会一类的东西。有一位，本来是我们这中学的校长且又是老革命党而又新任什么军政分府，演说"采用阳历的便利"；那天会里，这是惟一的演说。现在我还依稀记得的，是他拿拳头上指骨的凸出处来说明阳历各月的月大月小。如果说我在中学校曾经得了些新知识，那恐怕只有这一件事罢。

后来我又进过北方某大学，读完了三年预科，我还是我，除了多吃些北方的沙土，并没新得些什么，于是我也就厌倦了学校生活了。

现在，三十许的我，在感到身体衰弱的时候，在热血涂涌依然有吞下整个世界的狂气的时候，每每要遗恨到我的中学生时代的太灰色太平凡了。我总觉得我的太平凡太灰色的中学生时代使得我的感情理智以及才能，没有平衡的发展，只成了不完具的畸形的现在的我。时代不让我的青年时代，最可宝贵的中学生时代，在斗争的兴奋和苦闷的熬炼中过去，不让我有永远可以兴奋地回忆着的青年时代的生活的浪花，这也许就是所谓早生者的不幸罢？

这也就是为什么我时时有这样的感想，如果我现在又是中学生，够多么快活！好像是一个失败的围棋手，在深切地认知了过去的种种"失著①"以后，总想要再来一局，而又况我的过去的"失著"都好像罪不由己，都好像是早生几年者该得的责罚似的。

相差不过十多年呢，然而在现今这大变化的时代作中学生是幸福的！各种的思潮都在你面前摊开，任由你凭着良心去选择，绝不像我的中学生时代只能听到些"书不读秦汉以下"一类的话语。学校的生活，不复是读死书，不复是无聊到仅仅在一年级新生中发见Face，而是紧张的不断地有斗争，还是社会的活动。这些，这些，多么能够发展你的才具，充实你的生活！历史的大轮子正在加速度转进，全世界的人类正在唱着伟大的进行曲，你们，现在的中学生，躬逢其盛地正好把年富力强的数十年光阴贡献给社会给人类！历史需要着成千成万的中学生青年来完成光荣的使命！谁觉得出了中学校的大门便没有路走，那他不是傻瓜便是软骨头！

历史的悲壮剧的展开是数百年而始得一见的，青春，

---

① 失著，棋类运动术语，败着。

中学生时代，人生也只有一次；正在青春而又正在前程无穷的中学生时代，而又躬逢数百年一见的历史的悲壮剧的展开，而或又更幸而未生在富贵家庭被捧在掌里含在嘴里做活宝贝，这真是十全的"八字"，应该不要辜负，应该不要自暴自弃，应该比什么人都兴高采烈些！

只有不幸而生于厚富之家被捧在掌里含在嘴里做活宝贝烘软了骨头的现代青年，才是很不幸地只配在历史的大轮子下被碾成肉泥！

这样的不幸儿是可怜的，他没有自由的身体，他没有选择他的生活的自由，他就不配有吞下整个世界的豪气。

我很庆幸我没有被捧在掌里含在嘴里当做活宝贝，所以虽然我的中学时代是那样的灰色平凡，从那样的陈腐闭塞几乎将我拖进了几千年的古坟里去，可是历史的壮潮依然卷我而去，现在我还坐在此间写这一篇文字。但是我依然羡慕着现今为中学生的幸而不被捧在掌里含在嘴里当作活宝贝的年青的朋友。呵呵！尚在中学校或将出中学校的年青的朋友呀，不要以为你是一个小小的中学生看着那庞大混杂的社会而自惭形秽，不是这么的，正因为你是个寒苦的中学生，你的骨头尚未为富贵禄利所薰软，你有好身体，你有坚强的意志，你肯干，你是无敌的，你刚在人世，你有年富力强的二三十年好光阴由你自己支配，你自己将来的一切，社会将来的一切，人类将来的一切，都操在你手里，都等待你去努力创造呢。

自然在你创造的途中有些困难等着你，但是你总不至于忘记了"不遇盘根错节，无以见利器"的古语；也许你在创造的途中丧失你个体的存在，但是你总可以想见富家的公子常常会碰到绑匪，或者是吃得太多送了性命！

三十年代照例是新历史的展开期，前程远大的什么都是足以骄人的中学生呀，新时代在唱着进行曲欢迎你，欢迎你！

升学与就业

　　暑假到了，又有几万个青年人从中学校里毕业出来，在"升学"呢，或"就业"呢，这两岔路口徘徊了。

　　有钱有势人家的子弟，自然无所用其"徘徊"。挟了饱满的钱袋——虽然不饱满的是他的书包，他照样可以"升学"，反正学校就好比"游戏场"，混上三年五载，出来时便是"学士""硕士"，就有钻谋差使的资格。说不定他的父母早已给他准备好什么拿钱不办事的好位置了。

　　很为难的是中等人家出身的中学生。翻开报纸一看，满眼是中等以上学校招生的广告，但是满报纸的夹缝里却又影影绰绰刊满了九个大字：知识分子失业的恐慌。而这些知识分子又多半是曾经"升学"过来的呀！

有些贤明的父母把很大的希望放在儿女身上，觉得中学毕业生简直是"郎勿郎，秀勿秀"①，于是多方省俭，甚至借贷，使儿女"升学"。他们自然以为将来方帽子一上头，职业就有把握了。然而这样的希望毕竟比"航空奖券"的头彩有多少把握，那也只有天晓得罢哩！

照普通的情形说，中等人家的子弟在中学毕业后，对于"升学"与"就业"的问题往往走了这样的"连环套"：

中学毕业了，因为无业可就，姑且"升学罢"；所以今日之"升学"即为他日之"就业"着想；然而今日拿出钱去"升学"，或可易如反掌，他日要"就业"而拿进钱来，竟至难如上天了，于是大学毕了业以后就真真成为无业，或者甚至于长期失业了。

依这情形，所谓"升学"也者，实在也就是"就业"的意味。大抵十个中学生内至少有九个的"升学"是含了这样的"就业"意味的。因而一般中学生的"升学"或"就业"的问题只是一个问题：谋生！

然而青年人的知识欲是强烈的，幻想是丰富的，所以问题的核心即使只是个"生计问题"，而问题的外层却很复杂，——强烈的知识欲和美满的幻想，一层一层交错包围

---

① "郎勿郎，秀勿秀"，俗谚，意为既非平民百姓，亦非名门显贵。

着；于是乎青年人在中学毕业后往往是非常烦恼地面对着这"升学"或"就业"问题了。

大而言之，这是一个严重的社会问题。在现社会一切不合理的状态尚未纠正以前，这个问题是无法解决的。但是有志气有魄力的青年也犯不着为这问题哭丧着脸终天发闷。我们敢为可爱的青年进一解，我们应拿高尔基的青年时代的经验来看一看罢。

高尔基是连中学都没有进过的，他自修到了中学的程度，十五岁那年，他忽然想到加桑①去进大学。但要进学校，第一要紧的还是钱。高尔基没有钱，大学进不成，就流落在加桑；他做码头上的小工，他又做过小小的面包店里的学徒。……这些，都是"业"，不是"学"，然而后来高尔基自己说："这，我就是进了大学校了！"

学问并不一定要在学校中才有，才能学到。高尔基就是一个例。不过千万不要误会光在码头上面包店里混，就会学问长进。高尔基那时也靠了自修。他一方面谋生，一方面还是"手不释卷"地自修。

并且千万不要误会我们引高尔基的故事是在暗示中学生诸君都去做"文豪"。这里，不过举一个例：因为高尔基

---

① 加桑，今译喀山，俄罗斯联邦鞑靼自治共和国首府。

是想进大学的，但结果是做工，而且他自己后来又说："这，我就是进了大学校了。"——这句话，刚好对于"升学"或"就业"这问题给了个很"幽默"的解答。实际上，中外古今有不少伟大的事业家都不是"学校""科班"出身，甚至科学家也有从没进过什么理工科大学的！

何必哭丧着脸呢？"升学"或"就业"这问题犯不着叫你烦恼！进了职业界，同样也还可以自修，只要自己意志坚强。可是还有一句话：假使有一位中学毕业生决心要"就业"了，而又脱不下自己的竹布长衫（假定他找不到穿长衫的职业），于是失业，于是怨天尤人，于是垂头丧气，那么，自然又当别论，而我们上面的那些话他也一定听不进耳朵。对于这样的青年，我们只能引用一句俗语："做过三年当铺朝奉，出来卖油条都不行呀！"

我们以为有骨气的青年人决不会做了几年中学生就弄成了一个"公子哥儿"。在必要的时候，他那件竹布长衫可以脱掉，而且脱掉了竹布长衫后，他依然不忘记自修。在这样的青年人，"升学"或"就业"，都不成问题了！

一点回忆和感想

二十多年前一个年青人因为人家说他"不觉悟",气得三天没有吃饭。"不觉悟"算是最不名誉的一件事,每一个有志气的青年交朋友,谈恋爱,都要先看对方是不是觉悟了的。趣味相投的年青人见面谈不到三句话就要考问彼此的"人生观";他们很干脆地看不起那些自认还"没有人生观"的人,虽然对于"人生观"这东西他们自己也还说不出个所以然来。

这在当时是一种风气;在当时,也就有些大人先生们看着不顺眼,嗤之为"浅薄";在今天看来,也觉得不免"幼稚",然而,何尝不是幼稚得可爱?罗丹的有名的雕像叫做"铜器时代",我们那时的青年就好比是"铜器时代";

这是从长夜漫漫中骤然睁开眼来，闻所未闻，见所未见，惊异而狂喜，陡然认识了自身的价值，了解了自身的使命，焦灼地寻求侣伴，勇敢地跨出第一步，这样的义无反顾，一往直前的精神状态，正是古代哲人所咏叹的"朝闻道，夕死可矣"的精神，难道还不够伟大！

在那时，"觉悟"与"不觉悟"的，如同黑白一样分明。鄙夷权势，敝屣尊荣，不屑安闲，对于那些抱着臭老鼠而沾沾自满的家伙只觉得可怜，掉臂游行于稠人广座之中，旁若无人地发议论，白眼看天，意若曰："你们这一套值得什么，我有我的人生观！"这是"觉悟者"的风格。诚然这不免是"幼稚"罢？然而何等可爱！事实上也正是这些"幼稚"的人们，冲锋陷阵，百炼成钢，在近二十年的中国历史上写下了光焰万丈的诗篇！

在那时，也有这样的青年：

听他的议论，头头是道，看他的行事，世故深通，一则曰："这是应付环境"，再则曰："为了生活，不得不然"，真人面前说假话，放一个屁也要"解释"出一番道理来。你说他是"罗亭①"么？他没有罗亭那样热情坦白；说他是"阿Q"么？他比阿Q多些洋气，多会一套八股，多懂若干

---

① 罗亭，屠格涅夫长篇小说《罗亭》的主人公。

公式。而尤其不凡的，他会批评二十多年前的年青人：幼稚！当然，他是老练的；可是也老练得太可怕了！

在那时，明明是"少爷出身"的人，总想人家不当他是"少爷"，忘记了他是"少爷"，总想从自己身上抹去这"少爷"的痕迹。在今天，有些明明不是"少爷"或者当不成"少爷"了的，却总想给人家一个印象，他是世家子弟，他是百分之百的"少爷"，好像他那一套漂亮的前进词令唯有在"本来是少爷"的背景之前才更漂亮似的。

二十多年前的少女视涂朱抹粉为污辱，视华衣盛饰为桎梏；二十多年后，少女成为中年妇人了，可又视昔之以为"污辱"及"桎梏"者为美，为"场面"，而且说起从前那样厌恶那些"污辱"和"桎梏"，总带点忸怩，总自谦为"幼稚"，若不胜其遗憾。而且还有理由："你看苏联女人也都浓妆艳抹！"五年计划以前苏联女人的妆饰如何，当然不谈。《官场现形记》描写一位"提倡俭朴"的巡抚大人，属员们穿了整齐些的衣服来见他便要挨骂，结果是省城里旧衣铺的破烂官服价钱比新的还贵。二十多年前屏华饰而不御的那些女青年当然和这位巡抚大人在动机上大有差异，至多只能说那是"幼稚"，然而这样的"幼稚"在今天的女青年群中可惜太少见了。

我想起这一切，真有点惘然。我并不愿意无条件拥护

224

二十多年前那种"幼稚",然而我又觉得,和那时的"幼稚"一同来的坦白,天真,朴素,勇敢,正是今天若干极想"避免幼稚"的年青人所缺乏的。不怕幼稚,所可怕者,倒是这一点欠缺!

1945 年"五四"前三日

忆冼星海

　　和冼星海见面的时候，已经是在听过他的作品（抗战以后的作品）的演奏，并且是读过了他那万余言的自传（？）以后。（这篇文章发表在延安出版的一个文艺刊物上，是他到了延安以后写的。）

　　那一次我所听到的《黄河大合唱》，据说还是小规模的，然而参加合唱人数已有三百左右；朋友告诉我，曾经有过五百人以上的。那次演奏的指挥是一位青年音乐家（恕我记不得他的姓名），是星海先生担任鲁艺音乐系的短短时期内训练出来的得意弟子；朋友又告诉我，要是冼星海自任指挥，这次的演奏当更精彩些。但我得老实说，尽管"这是小规模"，而且由他的高足，代任指挥，可是那一次的演奏还是十分美满；——不，我应当承认，这开了我的眼界，这使我感动，老觉得有什么东西在心里抓，痒痒的又舒服又难受。对于音乐，我是十足的门外汉，我不能有条有理告诉你：《黄河大合唱》的好处在哪里。可是它那伟大的气魄自然而然使人鄙吝全消，发生崇高的情感，光是这一点也就叫你听过一次就像灵魂洗过澡似的。

从那时起，我便在想象：冼星海是怎样一个人呢？我曾经想象他该是木刻家马达（凑巧他也是广东人）那样一位魁梧奇伟，沉默寡言的人物。可是朋友们告诉我：不是，冼星海是中等身材，喜欢说笑，话匣子一开就会滔滔不绝的。

我见过马达刻的一幅木刻：一人伏案，执笔沉思，大的斗篷显得他头部特小，两眼眯紧如一线。这人就是冼星海，这幅木刻就名为《冼星海作曲图》。木刻很小，当然，面部不可能如其真人，而且木刻家的用意大概也不在"写真"，而在表达冼星海作曲时的神韵。我对于这一幅木刻也颇爱好，虽然它还不能满足我的"好奇"。而这，直到我读了冼星海的自传，这才得了部分的满足。

从冼星海的生活经验，我了解了他的作品之所以能有这样大的气魄。做过饭店堂倌，咖啡馆杂役，做过轮船上的锅炉间的火伕，浴堂的打杂，也做过乞丐，——不，什么都做过的一个人，有两种可能：一是被生活所压倒，虽有抱负只成为一场梦，又一是战胜了生活，那他的抱负不但能实现，而且必将放出万丈光芒。"星海就是后一种人！"——我当时这样想，仿佛我和他已是很熟悉的了。

大约三个月以后，在西安，冼星海突然来访我。

那时我正在候车南下，而他呢，在西安已住了几个月，即将经过新疆而赴苏联。当他走进我的房间，自己通了姓名的时候，我吃了一惊，"呀，这就是冼星海么！"我心里这样说，觉得很熟识，而也感得生疏。和友人初次见面，我总是拙于言词，不知道说些什么好，而在那时，我又忙于将这坐在我对面的人和马达的木刻中的人作比较，也和我读了他的自传以后在想象中描绘出来的人作比较，我差不多连应有的寒暄也忘记了。然而星海却滔滔不绝说起来了。他说他刚出来，就知道我进去了，而在我还没到西安的时候就知道我要来了；他说起了他到苏联去的计划，问起了新疆的情形，接着就讲他的《民族交响乐》的创作。我对于音乐的常识太差，静聆他的议论（这是一边讲述他的《民族交响乐》的创作计划，一边又批评自己和人家的作品，表示他将来致力的方向），实在不能赞一词。岂但不能赞一词而已，他的话我记也记不全呢。可是，他那种气魄，却又一次使我兴奋鼓舞，和上回听到《黄河大合唱》

一样。拿破仑说他的字典上没有"难"这一字，我以为冼星海的字典上也没有这一个字。他说，他以后的十年中将以全力完成他这创作计划；我深信他一定能达到。

我深信他一定能达到。因为他不但有坚强的意志和伟大的魄力，并且因为他又是那样好学深思，勇于经验生活的各种方面，勤于收集各地民歌民谣的材料。他说他已收到了他夫人托人带给他的一包陕北民歌的材料，可是他觉得还很不够，还有一部分材料（他自己收集的）却不知弄到何处去了。他说他将在新疆逗留一年半载，尽量收集各民族的歌谣，然后再去苏联。

现在我还记得的，是他这未来的《民族交响乐》的一部分的计划。他将从海陆空三方面来描写我们祖国山河的美丽，雄伟与博大。他将以"狮子舞"、"划龙船"、"放风筝"这三种民间的娱乐，作为他这伟大创作的此一部分的"象征"或"韵调"。（我记不清他当时用了怎样的字眼，我恐怕这两个字眼都被我用错了。当时他大概这样描写给我听：首先，是赞美祖国河山的壮丽，雄伟，然后，狮子舞来了，开始是和平欢乐的人民的娱乐，——这里要用民间"狮子舞"的音乐，随后是狮子吼，祖国的人民奋起反抗侵略者了。）他也将从"狮子舞"、"划龙船"、"放风筝"这三种民族形式的民间娱乐，来描写祖国人民的生活、理想和要求。"你预备在旅居苏联的时候写你这作品么?"我这么问他。"不!"他回答,"我去苏联是学习,吸收他们的好东西。要写,还得回中国来。"

那天我们的长谈,是我和他的第一次见面,谁又料得到这就是最后一次呵!"要写,还得回中国来!"这句话,今天还在我耳边响,谁又料得到他不能回来了!

这也就是为什么我在写这小文的时候还觉得我是在做恶梦。

我看到报上的消息时,我半晌说不出话。

这样一个人,怎么就死了!

昨晚我忽然这样想:当在国境被阻,而不得不步行万里,且经受了生活的极端的困厄,而回莫斯科去的时候,他大概还觉得这一段"傥来①"的不平凡的生活经验又将使他的创作增加了绮丽的色彩和声调;要是他不死,他一定津津乐道这一番的遭遇,觉得何幸而有此罢?

现在我还是这样想:要是我再遇到他,一开头他就会讲述这一段颠沛流离的生活,而且要说,"我经过中亚细亚,步行过万里,我看见了不少不少,我得了许多题材,我作成了曲子了!"时间永远不能磨灭我们在西安的一席长

---

① 傥来,不意而得的意思。

谈给我的印象。

一个生龙活虎般的具有伟大气魄，抱有崇高理想的冼星海，永远坐在我对面，直到我眼不能见，耳不能听，只要我神智还没昏迷，他永远活着。

1946年1月5日

名家散文

鲁迅：直面惨淡的人生

胡适：天下没有白费的努力

许地山：爱我于离别之后

叶圣陶：藕与莼菜

茅盾：斗争的生活使你干练

郁达夫：夜行者的哀歌

徐志摩：我有的只是爱

庐隐：我追寻完整的生命

丰子恺：我情愿做老儿童

朱自清：热闹是它们的，我什么也没有

老舍：有朋友的地方就是好地方

冰心：繁星闪烁着

废名：想象的雨不湿人

沈从文：每一只船总要有个码头

梁实秋：烟火百味过生活

林徽因：你是人间的四月天

巴金：灯光是不会灭的

戴望舒：我的心神是在更远的地方

梁遇春：吻着人生的火

张中行：临渊而不羡鱼

萧红：我的血液里没有屈服

季羡林：微苦中实有甜美在

何其芳：紧握着每一个新鲜的早晨

孙犁：人生最好萍水相逢

琦君：粽子里的乡愁

苏青：我茫然剩留在寂寞大地上

林海音：唯有寂寞才自由

汪曾祺：如云如水，水流云在

陆文夫：吃也是一种艺术

宗璞：云在青天

余光中：前尘隔海，古屋不再

王蒙：生活万岁，青春万岁

张晓风：年年岁岁岁岁年年

冯骥才：生活就是创造每一天

肖复兴：聪明是一张漂亮的糖纸

梁晓声：过小百姓的生活

赵丽宏：闪烁在旷野里的微光

王旭烽：等花落下来

叶兆言：万事翻覆如浮云

鲍尔吉·原野：为世上的美准备足够的眼泪